小学館文庫

さよなら、田中さん

鈴木るりか

小学館

目次

さよなら、田中さん

鈴木るりか

いつかどこかで

お父さんがいなくて淋《さび》しいか、と聞かれることがある。それは今までいた人が途《と》中《ちゅう》でいなくなったら淋しいのかもしれないが、最初からいないのだ。生まれてこのかた、そういうものだと思っているから答えに困る。

それでも時々、父がいたらどんなだろうと想像することはある。小学四年の時、友達の美希《みき》のお父さんに連れられて、三人でボウリングに行った。美希のお父さんは、背の高い人で、細面《ほそおもて》の顔立ちが美希とよく似ていた。ボウリングが得意だという美希のお父さんは、初めてやる私にいろいろと教えてくれた。骨ばった長い指とか細身の割にしっかり筋肉のついた腕《うで》とか、真っ白いポロシャツとか、かすかな整髪料《せいはつりょう》の匂《にお》いだとか、そういうものが新鮮《しんせん》で、お父さんがいるというのはこういうことかと思った。

美希が「お父さん、お父さん」と連発するので、私もついつられて、「お父さん」と言いかけ、慌《あわ》てて口をつぐんだ。幸い二人は全く気がついていないようだったが、その時私は今まで誰《だれ》かに向かって「お父さん」と呼びかけたことがない、という事実に初めて気づき、胃をキュッと絞《しぼ》られたような切なさを感じた。

クラスに、中野千早《なかのちはや》さんという、やはりひとり親家庭の子がいるが、一度その子の家に遊びに行った時、五年前に交通事故で亡《な》くなったという中野さんのお父さんの気配が、そこここに色濃《いろこ》く残っていることに驚《おどろ》かされた。

中野さんのお父さんは、高校の国語の先生だったそうだ。今でも書斎《しょさい》はそのままで、仏壇《ぶつだん》には花や山盛りの果物が供えられ、あちこちに父親の写真が飾《かざ》られていた。メガネをかけたやさしそうな人だった。中野さんは、朝晩仏壇に手を合わせ、語りかけ、お父さんの話を、母親とよくするという。そうすることが、供養《くよう》になるのだとお母さんに教えられたそうだ。

「花《はな》ちゃんのお父さんは、どんな人だったの?」

と聞かれ、返事に困った。実は家で父親のことが話題になることはほとんどない。お母さんが話をしたがらないのだ。

「うーん、私が生まれる前に死んじゃったから、よくわかんないんだ」

「そうなの。花ちゃん、かわいそう」

中野さんが目を潤《うる》ませる。

「花ちゃんの家では、カゲゼンをしている?」

初めて耳にする言葉だった。

「してない。それ何?」

聞くと、陰膳《かげぜん》というのは、亡くなった人を思い、生前のように食事を用意することだと教えてくれた。中野さんの家では、お父さんが亡くなって以来ずっとこの陰膳をしているという。

このことをお母さんに話すと、

「毎回余計に一人分用意するんか。そりゃご苦労なこった」

「うちはやらなくていいの?」

「うちはお母さんが、毎食二人前食べてるから大丈夫《だいじょうぶ》」

と胸を張ったが、そういうものではないと思う。

「それからね中野さんのうちではお父さんのことをよく話すんだって。それが供養になるからって。花ちゃんのお父さんは、どんな人だったって聞かれて困っちゃったよ」

お母さんは私の父親について詳《くわ》しく教えてくれない。ただ私が生まれる前に亡くなったとだけ聞かされている。確かに小さい頃はそう信じていたが、最近どうもそうではないらしいという気がしている。

「それにさあ、うちにはどうして仏壇がないの？　お父さんの写真だって一枚もないし」

「あ、えっと、それは、あれだよ、そう、焼けちゃったの、火事で」

明らかに今思いついたと思《おぼ》しき答えが返ってきた。こんな言い訳でごまかせるのは低学年のうちだけだ。

「ふうん。じゃあ私のお父さんってどんな人だったの？」

「普通《ふつう》の、働いてた人だよ」

「それじゃよくわかんないよ。もっと詳しく教えてよ。仕事とか」

「じゃあ逆に、花はどんな人だったらいいと思うんだい？」

「えーっ、うーん、中野さん家《ち》みたいに、学校の先生とか？」

「じゃあいいや、それで。うん、それでいこう」

「はあ？　何それ、そんなんでいいわけないじゃん。わけわかんない」

「秘すれば花、って言葉知らん？　世阿弥《ぜあみ》の言葉だよ。置《お》き網《あみ》じゃないよ、世阿弥だよ。その人が言ったんだよ。なんでもかんでも明らかにすればいいってもんじゃない、いって。人生には謎《なぞ》の部分を残しておいたほうが、いろいろ想像の余地があって、趣《おもむき》深いってこと。『謎以外何を愛せよう』って、ニーチェも言ったそうだ。ニーチェって知ってるか？　ドイツの哲学者《てつがくしゃ》だよぉ」

　普段は義務教育さえきちんと受けたのかアヤしいところのあるお母さんだが、時々教養人めいたことを言うので、なかなか侮《あなど》れないのだ。しかしそんなことを言うのは、きまって何かをごまかそうとしていたり、話の矛先《ほこさき》を変えようとしている時なのだった。

「例えば、ほれ」

　リモコンのボタンを押《お》してテレビをつける。

　人気俳優が微笑《ほほえ》む炭酸飲料のさわやかなＣＭが、画面に映し出される。

「もしかしたらこの人がお父さんかもしれないし」

「はあ？　そんなことあるわけないじゃん」

「可能性はゼロではない」

「かーっ、アホらしい」

　リモコンを奪《うば》い取りチャンネルを替えると、セールスマンを装《よそお》い空き巣を繰《く》り返《かえ》していた男が捕《つか》まったというニュースをやっていた。

「どっちかって言うと、こっちのほうが近いんじゃないの？　分類的に。ははは」

　私としては、冗談《じょうだん》で言ったつもりだが、ふとお母さんを見ると、虚《きょ》を突《つ》かれたような顔で固まっている。

えっ、嘘《うそ》でしょ？

一瞬《いっしゅん》の間があって、「なーに言ってんのっ。そーんなことあるわけないだろーっ。あーっ、もうこんな時間。馬鹿《ばか》なこと言ってないで、宿題しな。今日は何？　算数？漢字も音読もあんだろ？」お母さんがことさら大きな声で言った。

その時稲妻《いなずま》みたいな直感が脳天を突《つ》き抜《ぬ》けた。

ああ、そういうことだったのか。

その瞬間、すべてが腑《ふ》に落ちた。

そうか、父は犯罪者だったのか。

父の話はうちではいつの間にか、触《ふ》れてはいけないことみたいな扱《あつか》いになっていて、お母さんも話したがらないので、ＤＶとか大酒飲みとかギャンブル好きとか、そういうろくでもない系じゃないかと薄々《うすうす》は思っていた。だから話したくないのだろうと。でもまさか犯罪者だったとは。そりゃ言えないわけだ。その後のお母さんのわざとらしいくらいの明るい態度が、それが真実であることを裏づけていた。

その晩は布団《ふとん》に入ってもなかなか寝《ね》つけなかった。担任の木戸《きど》先生が、いつか話してくれたことを思い出す。

「英国には、食器棚《しょっきだな》の骸骨《がいこつ》、という言い回しがあります。これは、どんな家庭にも秘密にしておきたいことがあるという意味です」

うちの食器棚の骸骨は、お父さんのことだろうか。

木戸先生は、最初見た時、四十ぐらいだと思ったらまだ二十代で、若いのに若々しさが全くない男の先生だ。しかしよく見ると顔立ちも整っているし、背も高いのだけれど、ひどい猫背《ねこぜ》で、手足もアンバランスに長く、全然かっこよく見えない。ひとつひとつは悪くないのに、全体的に見ると、どことなく奇妙《きみょう》で、子供の目から見ても、かなり損をしているように思える。

この先生がなぜか自分の前世は英国紳士《しんし》だと、かたくなに信《しん》じ込《こ》んでいて、時々英国の話をしてくれるのだ。なんでも、シャーロック・ホームズと同じ時代のロンドンに住んでいたらしい。その当時の英国についてとても詳しいのだけど、木戸先生は、今まで実際にイギリスに行ったことは一度もないという。なぜなら昔暮らしていて、よく知っているから、と、わかるようなわからないようなことを言う。

先生は、職員室でよく紅茶を飲んでいて、

「紅茶、お好きなんですか？」

杉本先生という新任の若い女の先生に聞かれ、

「ええ、英国時代からの習慣で」

「木戸先生はイギリスに住んでいたことがあるんですか？」

「ええ、前世で」

真顔で答え、杉本先生を凍《こお》りつかせていた。

そのほかにもオカルチックな話が好きで（先生はこの手の話をしだすと止まらなくなる。目の色が変わるという状態を、私は初めて実際に見た）、地球最後の日とか、秘密結社とか予知夢とか錬金術《れんきんじゅつ》とか地底人とか、そういう話をちょいちょいして、不必要に子供たちを怖《こわ》がらせるので、一部の保護者から苦情が来ているらしいが、その点を除けば、教え方も上手《うま》いしやさしいので、概《おおむ》ねいい先生だ。

なんでもかなり難関の大学を出ているが、高校も大学も、塾や予備校に一度も通わずにすべて第一志望を突破《とっぱ》したというから、優秀《ゆうしゅう》なのは確かなようだ。もっとも友達の真理恵《まりえ》に言わせると「頭が良過ぎて、アブナい領域に行っちゃったタイプ」なのだそうだが。

お母さんに木戸先生の話をすると、「その先生、こっち、大丈夫か？」と自分の頭を人差し指でつついた（うちのお母さんにこんなことを言われるようでは、木戸先生の将来も大いに危《あや》ぶまれるのだが）。

お母さんは、男の人に交じって工事現場で力仕事をしている。ほかに女の人はいない。日に焼けていて、髪《かみ》はパサパサで、よく食べるのに痩《や》せている。スレンダーというより、貧乏《びんぼう》くさく痩せこけていた。よく洗っても、どこか煤《すす》けた顔をしていて、夏に短パン、ランニングで手足を投げ出して昼寝をしている姿は、畑から掘《ほ》り出したばかりの泥《どろ》付きゴボウを連想させた。

もっと楽な仕事もあるだろうに、お母さんは、自分を痛めつけるようにして働いている。「お母さんみたいな人間はな、このくらいのことしてちょうどいいんだよ」と言っているが、どういう意味か私はよくわからない。

お母さんは、小さい頃に両親を亡くしているとかで、係累《けいるい》が全くいない。親族というものに会ったことがない。だからお父さんのことについても誰にも聞けないのだ。

この世でふたりぼっちの家族だった。

私たち親子が、もし違《ちが》う国、違う時代に生まれていたとしても、江戸《えど》時代なら、重い年貢《ねんぐ》や飢饉《ききん》に苦しむ農民とか（そしておそらく私はどこかに売られている）、外国であっても、ドブネズミが走りまわるスラム街で、かびの生えたパンをかじる貧民とか、死んだほうがましなくらいの過酷《かこく》な労働を強《し》いられるピラミッド造りの奴隷《どれい》とか、そのあたりのポジションだろう。間違《まちが》っても王族や貴族、富裕層《ふゆうそう》ではない。

もし生まれ変わったら何がいいか、以前お母さんに聞いたことがある。お金持ちがいいとでも言うのかと思ったら、意外にも「虫がいいなあ」という答えだった。「食べて排泄《はいせつ》して、ただ生きている。生きがいとか、義務とか、過去とか将来とか、仕事とか、お金とかそんなものと関係なくただシンプルに生きて死んでいくのがいい」

私はちっともいいとは思わなかったが、虫でも動物でも、生まれ変わっても、私はお母さんと親子ならいいなと思う。

私の通学路には警察署があるのだが、そこの掲示板《けいじばん》に「この顔にピンと来たら」と書かれた全国指名手配犯の顔写真が貼《は》られている。普段《ふだん》は何の気なしに通り過ぎていたが、今朝登校中はその前で足が止まってしまった。もしかしたらこの中に、お父さんがいるかもしれない。並べられた顔写真は、強盗《ごうとう》殺人とか放火殺人とかの凶悪犯《きょうあくはん》で、いかにも極悪《ごくあく》そうな顔つきの男の人たちばかりだった。

「どうしたの？」

私が立ち止まって見入っているので、真理恵が不思議そうに首をかしげる。

「いや、あの、この中でさあ、誰か私に似てる人いるかなあ？」

「えっ？　えええっ？」

真理恵がひどく驚いた顔でこっちを見るので「ああ、なんでもない、なんでもない」と慌ててごまかした。同じ犯罪者でも、ここに貼り出されているような人たちは特に凶悪で、私の父は、ここまで悪くないんじゃないか。せめてコソ泥ぐらいであってほしいと、ささやかだが切に願う。

学校に着き、朝の会が始まると、木戸先生が、

「昨日、学校周辺に不審者《ふしんしゃ》が出ました。保護者の方々には緊急《きんきゅう》メールを送信していますが、正門のあたりをうろつき、校内を窺《うかが》ったり、下校時に児童ひとりひとりの顔を覗《のぞ》き込《こ》んでいたそうです。四十代後半ぐらいで、背は先生よりちょっと低くて、黒っぽい服装をしていたということです。皆《みな》さんも学校の行き帰りには十分注意してください」と言った。

不審者情報というのはたまに出る。大抵《たいてい》はおおごとにならないけれど、学校もPTAもこの手の情報にはひどく神経質だ。いつもは、またか、ぐらいにしか思わないが、しかしこの日は違った。

もしかしたら、お父さんかも。

刑務所《けいむしょ》から出てきたのか、逃亡《とうぼう》中かわからないが、もしかしたらお父さんが私に会いに来てくれたのでは？　お母さんの言い草じゃないが、それこそ可能性はゼロではない。しかし学校からの不審者情報に、「もしかしたら父かも」と思ってしまう子供は、日本全国そう多くはないだろう。

「やだねー。ヘンタイだったらどうする？」「逃《に》げる、逃げるー」無邪気《むじゃき》に笑い合う級友をひどく遠くに感じる。

その夜、お母さんとテレビを見ながらご飯を食べていると、

「あ、そうそう、お父さんの写真、捜《さが》したらさあ、一枚だけ残ってたんだよ。見たいか？」

と聞いてきた。

「えっ、ほんと？　もちろん見せて見せて」

お母さんが立ち上がり、引き出しの中から、封筒《ふうとう》を取り出してきた。中から古色《こしょく》蒼然《そうぜん》とした写真が出てくる。髪はオールバックで、細いネクタイに丸メガネ、背広姿の無表情の男性が写っていた。

「こ、これ？」

「そう、なかなかかっこいいだろ？」

お母さんは得意げに小鼻を膨《ふく》らませたが、この写真はいかにも古過ぎた。私の父の若い頃で、これはないだろう。白黒写真がセピア色に変色している。服装や髪型も古めかしい。

「嘘だ。古過ぎるもん。この人、教科書に載ってる滝廉《たきれん》太郎《たろう》とかの時代の人じゃない

の？」

「まさか、そこまでじゃないだろ。大家《おおや》さんの旦那《だんな》さんなんだから」

「えっ？」

「あ、いけね。バレたか」

あっさり認める。

大家のおばさんは、私たちが住んでいる木造モルタルアパートのオーナーで、六十代前半くらい。安いカツラみたいなぐりんぐりんのパーマをかけていて、たっぷりと太っている。

「体質なんだよ。あんまり食べなくても、すぐ太っちゃう。水飲んだって太るような体質なんだから、イヤになっちゃうよ」と言っているが、おばさんの口の中には、飴だのチョコレートだのあられだの、何かしらの食べ物が常に入っていて、割烹着《かっぽうぎ》のポケットは、いつもキャラメルやクッキーの小袋《こぶくろ》で膨らんでいる（会えば私にも必ず二、三個くれるのだが）。だから話半分に聞いておく。

昔は兼業《けんぎょう》農家をしていたのだけど、二十年くらい前に、畑を潰《つぶ》して二階建てのアパートと駐車場《ちゅうしゃじょう》にしたそうだ。自分はアパートの隣《となり》の一軒家《いっけんや》に住んでいた。おばさんは、私たち親子の境遇《きょうぐう》に同情しているようで、ほかの住人より家賃を安くしてくれて、時々もらい物の和菓子《わがし》や、自分で作った天ぷらや煮物《にもの》を持ってきてくれる。

時間がある時は、うちに上がり込んでお母さんとお茶を飲みながら、子供の私からしても、明らかに馬鹿な話をして、アパート中に響《ひび》き渡《わた》るようなでかい声で大笑いしている。

「あんただってまだ若いんだから、これからまだまだひと花もふた花も咲《さ》かせなさいよ」

「今さら無理無理。子供もいるしさ」

「だからなおさらだよ。花ちゃんだってこれから教育に何かとお金もかかるしさ。再《さい》婚《こん》とか、考えてみなさいよ」

「いや、無理でしょ、あたしなんか」

「市場を変えりゃいいのさ。そりゃイケメンで若くて、なんて言ったら難しいけどさ、後妻のなり手を探してる人や年くった独りもんなら、いくらでもいるさ。例えば日本じゃ見向きもされないような古びた家電が、東南アジアに持っていけば、大人気なんだってよ。あんただって出るとこに出りゃひっぱりだこさ」

「なんだかちっとも褒《ほ》められている気がしませんなー」

と、ここで、がらがらと大地がひび割れたような声で笑い合う。大方この写真も、お母さんが私の話をして「そんならこれを使え」とでも言って大家さんが、いにしえのアルバムから引っぺがしてでもきたのだろう。こんなものでごまかされると思っていたのなら、ふたりとも私を甘《あま》く見過ぎている。

　私は写真を人差し指で弾《はじ》くと、寝転がって背中を丸めた。

「アイスでも食べるかよ？　昨日アイス全品二割引きの日だから買っといたよぉ、花の好きなチョコナッツのやつ」

　お母さんが猫なで声を出したが、「いらない」と、背を向けたまま言った。窓から新緑の匂いを含《ふく》んだ風が入ってくる。

　次の日、木戸先生が、「昨日また学校近辺をうろつく不審者が出たという情報が入りました。皆さん気をつけてください」と言った。昨日私が帰る時には誰もいなかったけれど、どうしても一度会ってみたい気持ちになる。

　下校時、校門あたりをキョロキョロしてみたが、それらしい人物は見当たらなかった。あきらめて少し歩き出すと、「すいません」と後ろで声がした。振《ふ》り返ると、男の人が立っていた。面長《おもなが》で、くっきりした二重《ふたえ》まぶた。先生が言っていたような黒っぽい服装ではなく、白いシャツに紺《こん》のチノパンをはいた、年は美希のお父さんと同じくらいの人だった。ドキッとする。

「ちょっと聞きたいんですが」

「は、はい」

「あなたは、北町《きたまち》小学校ですか？」

「はい、そうですけど」

木戸先生からは、知らない人に話しかけられても相手にしないように、ときつく言われていたけれど、今回は特別だ。それにこの人はそんな悪い人のように見えない。いや、もしこれが本当に私のお父さんだったら、実際犯罪者、悪い人なんだけど。

「大きいから高学年かな？」

「はい、六年生です」

男の人の顔が、ぱっと明るくなった。

「実は、ある女の子を捜してて、今六年なんだけど」

えっ、えっ、えっ、もしかして、本当にそうなの？　私のお父さんなの？　私を捜しに来てくれたの？　そっか、生まれる前に別れちゃったから、私の顔わかんなくて当然だよね。

頭が混乱し、汗《あせ》が噴《ふ》き出る。

「この子のこと、知ってるかな？」

男の人が持っていた鞄《かばん》の中から写真を取り出す。小学校低学年くらいの女の子が、桜の木の下で微笑んでいた。私じゃなかった。

「高井優香《たかいゆうか》っていって、いや、違うな、今は高井じゃなくて、ああそうだ早川《はやかわ》優香っていうんだけど、この子のこと知っているかな？」

すぐにわかった。隣のクラスの優香ちゃんだ。家庭科クラブで一緒《いっしょ》だ。でも私はこの人がお父さんじゃなかったことに落胆《らくたん》していて、すぐには言葉が出てこなかった。

黙《だま》っていると、

「あ、おじさん、決して怪《あや》しい人じゃないんだ。この優香ちゃんのお父さんなんだ。小さい頃離婚《りこん》してそれっきりずっと会ってないんだけど、おじさん、今度仕事で外国に行くことになったから、その前にどうしても会っておきたくて。今度いつ日本に帰ってこられるかわからないから」

慌てて言った。不審がられていると思ったらしい。

「そうなんですか。でも」

知らない人に、自分や友達の名前、学年などを聞かれても答えてはいけないと、木戸先生に言われていたのを思い出す。

「本当だよ。おじさん、本当に優香ちゃんのお父さんなんだ。ほらこれ、証拠《しょうこ》の写真」

もう一枚写真を出した。動物園だろうか。さっきの写真より幼い女の子が、サルの檻《おり》の前でこのおじさんに抱《だ》っこされて笑っている。二人は頰《ほお》を寄せ合い、とても幸せそうだった。しっかりと包むように女の子を抱《かか》えているおじさんの腕から「とても大事なもの」という感じが伝わってきて、針で刺《さ》されたみたいに胸がチクンとした。顔を上げると、おじさんの目が赤く潤んでいる。

この人は嘘をついていない、と思った。

「早川優香ちゃん。クラブ活動が同じです」

おじさんの顔が輝《かがや》いた。

「そうなんだ。何クラブ？」

「家庭科です」

「家庭科、そう、家庭科クラブに入ってるんだぁ。うん、うん、優香ちゃん、そういうの好きそうだったからな。きっと女の子らしい子なんだろうな。うん」

おじさんが、一人で納得《なっとく》したようにうなずきながら言う。

「ちょうど明日クラブ活動がありますけど」

「ホント？　じゃあ伝えてもらえないかな。お父さんが会いたがっているってこと」

「えっ、私が？」

「お願いします。頼《たの》みます。おじさん、いろいろあって、優香ちゃんに直接会っちゃいけないことになってるんだ。離婚する時、優香ちゃんのお母さんとそういう約束をしたんだ。今は向こうも再婚してるしね、いろいろ複雑な事情があって。だからお願いします。どうか、この通り」

おじさんが深々と頭を下げる。大人の人にこんなことをされたのは初めてだから、私は慌てて、

「わかりました、わかりました。明日、優香ちゃんに、伝えておきます」と答えた。

するとおじさんは、「ありがとう、ありがとう」と何度も私を拝むようにして言った。おじさんが、さっき見せてくれた優香ちゃんとふたりで写っている写真の裏に素《す》早《ば》く《や》ボールペンを走らせる。

「これも渡してくれるかな」

差し出されたそこには、携帯《けいたい》番号と「連絡《れんらく》ください。父より」と書かれていた。

次の日、クラブでフェルトのマスコットを作ったが、席は自由なので私は優香ちゃんの隣に座った。

「今日さ、一緒に帰らない？」

作業をしながら言うと、

「うん、いいよ」

優香ちゃんが、針の手を休めずに言った。幸い、優香ちゃんとは途中まで帰る道が同じなのだ。クラブ活動は六時間目で、各クラブによって終わる時間が違うから、教室に戻《もど》らずそのまま下校できる。

私のほうが早く仕上がったので、待っていて二人で学校を出る。はじめは来週のクラブ活動のことや、木戸先生のこと（おもにその変人ぶりについて）を話していたけれど、「あのさあ、実はさあ」と思い切って口にすると、優香ちゃんが、ん？ という感じでこっちを見た。

「優香ちゃんのお父さんに会ったんだ。学校の帰りに」

驚くというよりきょとんとした顔で、首をかしげている。

「なんで？ なんでうちのお父さんが学校の近くにいるの？ ここからずっと遠くの会社で働いているはずだけど」

そうか、優香ちゃん家は再婚しているんだった。

「あ、そっちのお父さんじゃなくて、本当のお父さん」

「えっ」

優香ちゃんは、今度こそ驚いた顔になった。

「不審者情報ってあったじゃん。ここ何日か。あれ、優香ちゃんの本当のお父さんだったんだよ」

「ええええっ」

一段と声が高くなり、さらに驚いたようだった。なんだか優香ちゃんを驚かせてばかりいて悪い気がした。私はランドセルから、理科の教科書に挟《はさ》んでおいた例の写真を取り出した。優香ちゃんは、「あ」と短く言ってからそれを手に取ると、しばらくじっと見入っていた。

「お父さん、今、どんなだった？　私ずっと会ってないから」

「この写真の頃とあんまり変わってないよ。太ってもいないし、ハゲてもいなかった。今度仕事で外国に行っちゃって、しばらく帰ってこられないからその前に会いたいって言ってたよ」

「そう、なんだ」

「会ってあげれば？　おじさん、優香ちゃんにすごく会いたがってたよ」

「でも」と言ったきり、優香ちゃんは黙り込んでしまった。

「会いに来てくれるお父さんがいるだけいいじゃん。私なんか、いくらこっちが会いたくても、来てくれないもん。夢にも出てきてくれないもんね」

「そっか、花ちゃん、お父さんいないんだっけ」

「まあね」

「でも、勝手にお父さんに会っちゃいけないことになってるし、お母さんに言えば反対されるに決まってるし。お母さん、私の本当のお父さんのこと、すごく嫌《きら》ってて、今でも悪口言うし」

「なんでだろ？　結婚したのに」

「私もよくわかんないよ。離婚した時、小さかったし。お母さん、苦労させられたみたい」

「今のお父さんはどう？」

「いい人だよ。いろいろ気を遣《つか》ってくれるし。まあ私も気を遣っちゃうんだけど」

お父さんがふたりいるというのも、それはそれで大変そうだ。

「私は会ったほうがいいと思うけどな。後から思っても遅《おそ》いってことあるよ」

「考えとく」

優香ちゃんは、写真を国語の教科書の間に挟んだ。

次の日の昼休み、優香ちゃんが私のクラスに来て言った。

「ちょっといいかな？」

すぐに、あのことだな、と思った。ふたりで誰もいない廊下《ろうか》の突きあたりに行く。

「昨日のあの話についてだけど、やっぱりお母さんに言っても許してくれないだろうし、今のお父さんにも悪いからやめておこうかなって思って」

「なんで？　次いつ会えるかわかんないんだよ。優香ちゃんのお父さんかわいそうだよ。私みたいに、どんなに会いたくても会えない子もいるんだからさ」

　優香ちゃんが唇《くちびる》を嚙《か》んでうつむいた。

「じゃあさ、一緒に行ってくれない？」

　顔を上げ、優香ちゃんが言った。

「えっ、私が？」

「うん、本当のお父さんとは、ふたりっきりで会っちゃいけないってことになってるから、花ちゃんと一緒ならいいかもしれない。二人で遊んでたら、偶然《ぐうぜん》そこで会った、みたいな感じで。万が一バレた時も罪《つみ》が軽くなる気がする」

「そうかなあ」

「そうそう」

　うっすら疑問も感じたが、優香ちゃんがお父さんと会う気になってくれたのはよかった、と思った。優香ちゃんのお父さんに対しても義理を果たしたような気になった。

　翌日、やはり昼休みに優香ちゃんが教室に来て、声を潜《ひそ》めて言った。

「ゆうべ、お父さんに連絡取ったよ」

「お母さんに気づかれなかった？」

「大丈夫。自分の部屋で、私のスマホからかけたから」

「えっ、スマホ持ってんの？　自分の部屋あるの？　すごーい」

優香ちゃんの新しいお父さんは、お金持ちなんだろうか。私のとこは、二間《ふたま》のアパートだから自室なんて無理な話だ。スマホどころか普通の携帯も持っていない。そのことをお母さんに言うと、

「まだ早い。そんなに電話が欲《ほ》しいなら糸電話作ったろか？　子供なんかそれで十分」

「だって急に連絡取りたい時とかどうするの？」

「自分で伝書鳩《でんしょばと》でも育てろや」

などと言って相手にしてくれない。いいな、優香ちゃん。これがこの前、社会の時間に木戸先生が教えてくれた格差社会ってやつだろうか。こんな身近で実感するとは。

「それでね、今度の日曜、午後一時、駅前で会うことにしたんだけど、大丈夫？」

「日曜日？　大丈夫、大丈夫」

日曜日、お母さんは仕事だと言っていた。いつもは休みなのだけど、このところ雨続きで、作業が遅《おく》れているため、日曜も出るんだと話していたのを思い出した。お母

さんは、宿題さえちゃんとしていればうるさいことは言わない。日曜日に、隣のクラスの優香ちゃんと遊ぶと言っておこう。これは嘘じゃないのだ。

その日の夜、今度の日曜、午後から優香ちゃんと遊ぶ約束をしたと言うと、案の定「宿題終わらせてからな。あんま、遅くなんなよ」とだけ言われた。

日曜、お母さんは早くから仕事に出かけ、一人で午前中過ごしたが、なんだか落ち着かなかった。優香ちゃんとお父さんのドラマみたいな感動の再会シーンを思い浮《う》かべ、ドキドキしていた。

六月に入ったが梅雨《つゆ》入りはまだ先のようで、青空がまぶしい。待ち合わせの場所に少し早く行くと、もう優香ちゃんは来ていた。傍《かたわ》らの生垣《いけがき》には、黄色いバラが咲いている。

それからすぐに優香ちゃんのお父さんもやってきた。おじさんが、やあ、といった感じでちょっと片手を上げると、優香ちゃんは目をそらし、不機嫌《ふきげん》そうな顔で軽くお辞儀《じぎ》をし、私が思い描《えが》いていたようなシーンは展開されなかった。

「とりあえずお話でもしようか」

おじさんが言い、駅前のファミレスに入った。店内には、お肉を焼いているようないい匂いが漂《ただよ》っていて、思わずつばが湧《わ》く。

外食なんていつ以来だろう。そうだ、私の誕生日だから、もう一年近く前だ。ちょうど近所にレストランが開店し、ドリンク無料券が郵便受けに入っていて、誕生日も近いから行ってみようということになったのだ。

そこは洋食系のレストランで、私の好きなグラタンやハンバーグやエビフライ、オムライスなんかがメニューにあって、目移りしてしまい、私はさんざん迷った。お母さんはメニューを見ながら「げっ、たかがスパゲッティが千八百円だって。こんなん家で作れば二百円もしねぇのに」などと言うので、「外食ってそういうもんでしょ」と言うと、お母さんは「わかってるけど、言うてみた」と子供みたいに口を尖《とが》らせた。結局、二人とも大好きなハンバーグにした。お母さんはプレーンだったが、私は誕生日ということで、特別に中にチーズが入っているのにしてくれた。

料理が運ばれてくると、お母さんが、「げっ、ちっせえ。写真で見ると、おっきいのに。こんなの一口か二口じゃや。これじゃ腹いっぱいになんねぇ」と言うので、お店の人に聞こえたらどうしようかとハラハラした。「こういうとこは量より質なんだよ。きっとすごく美味《おい》しいんだよ」「当たりめぇじゃや。不味《まず》くて少なくて高かったら、誰が来るかいっ」こんなやりとりをするうちに、私はお母さんと来たことをちょっぴり後悔《こうかい》し始めた。

ところが、ハンバーグを一口食べて私たちは顔を見合わせた。

う、うまい。お母さんも目を見開いていた。外は香《こう》ばしく焼け、中からジュワッと口いっぱいに肉汁《にくじゅう》が広がる。ジューシーなんていう言葉は、果物にしか使わないと思っていたが、肉料理でも当てはまることを初めて知った。肉の味をこんなにも感じさせるハンバーグを初めて食べた。給食のハンバーグ（好きだけども）とも、お母さんが買い置きしてある温めるだけの袋入りのとも、半額で買ってくる弁当の中に入っている、パサパサのハンバーグとも全く違う（当たり前か）。

「美味しいね」

感動しつつ、お母さんに言うと、お母さんはリスみたいに頬を膨らませ、「ふごっ、ふごっ」とうなずく。さすがのお母さんにも、この美味しさはわかるようだ。そしてごくりと飲み込むと、お母さんは「お口は正直っ」と一言、言い放った。

帰り道、「本当に美味しかったね、お母さん」と言うと、「うん、うん」と珍《めずら》しく素《す》直《なお》にうなずき「ああ、牛はいいなあ」と言う。「どうして？」「だって牛は反芻《はんすう》っていって、一度飲み込んだ食べ物を、また口の中に戻して噛み直すことができるんだよ。ああ牛だったら、家に帰って、もう一度あの味を楽しめるのにっ。ああ、牛になりたい」と、さっき食べたのは和牛のハンバーグだったことを、すっかり忘れたかのようなことを言う。そして「また食べに来られるように、一生懸命《いっしょうけんめい》働こうっと」と前向きな発言をしていたのに、それから再びそのレストランを訪《おとず》れることはなく、今に至る。

などということを思い出しながら席に着く。私と優香ちゃんは並んで、おじさんは私たちの前に座った。

「お昼は食べたのかな？　お腹空《なかす》いてたら好きなもの頼んで」

おじさんがメニューを開いて渡してきた。

えっ、いいの？　心の声。実はお母さんが用意してくれたおにぎりとコロッケを食べてきたのだけれど、ワクワクするようなメニューを前に、そんなものは吹《ふ》っ飛んでしまった。優香ちゃんを見ると、相変わらず不機嫌そうな顔をしている。そして「私、何もいらない」と言った。

えーっ、嘘でしょ。そしたら私、頼みにくいよ。おじさんもちょっと苦笑いみたいな顔になった。

「家で食べてきたから」

「じゃあ飲み物だけでも」

優香ちゃんはうつむいている。どうしたんだろう。お父さんと会えて嬉《うれ》しくないのかな？　それとも緊張《きんちょう》しているとか、照《て》れ隠《かく》しなんだろうか？

「優香、あ、優香ちゃんは、りんごジュース好きだったね？　小さい頃、お父さん、よくすって搾って飲ませてあげたんだよ」

「今は嫌い」

優香ちゃんが即答《そくとう》する。不穏《ふおん》な空気。

「わ、私は好きです、りんごジュース。って言っても家で飲むのは、せいぜい果汁三十パーセントとか、百パーセントでも濃縮還元《のうしゅくかんげん》のだけど、一度大家さんに青森のお土産《みやげ》でストレートの搾ったりんごジュースもらったら、これがもうびっくりするくらい濃くて、めちゃ美味しくて。お母さんなんか、もったいないって言って水で薄めて飲んだりしているから、そんなことしたら台無しだよって言ったんだけど」

「おもしろいお母さんだね」

おじさんが言い、優香ちゃんも一瞬微笑んだ。

「じゃあ花ちゃんはりんごジュースにする？」

「あ、はい。優香ちゃん、チョコレートドリンクあるよ。この前家庭科クラブで作ったのと似てない？　優香ちゃん、あれ美味しいって言ってたよね」

優香ちゃんが無言でうなずく。

「じゃあこれにしたら？」

　優香ちゃんがまた無言でうなずくと、おじさんは嬉しそうに身を乗り出した。

「ケーキやパフェもあるよ。なんでも好きなもの頼んで」

　おじさんの夢のような言葉に、思わず期待を込めて優香ちゃんの顔を見るが、優香ちゃんはまた無表情に戻っていて「いや、いいです」と短く言った。なんか頼んでよ、優香ちゃん。私、頼みづらくなっちゃうよぉ、と心でテレパシーを送ったが、伝わらなかったようだ。

　しかし私はお母さんの教えを思い出す。お母さんの教えはいくつもあるのだけど、「人からもらった食べ物は、すぐ食え。後で返せと言われないうちに」とか、とりわけ食べ物に関するものが多く、それはお母さんが小さい時に両親を亡くし、親戚《しんせき》に預けられていたとか、施設《しせつ》にいたこととかが関係しているようだった。その中のひとつに「ご馳走《ちそう》してくれると言われたら、遠慮《えんりょ》はするな。変に遠慮して断って、後からやっぱりあの時、ご馳走になればよかったっていくら悔《く》やんでももう遅いんだ。子供のうちは特にだ。遠慮しなくていいのは子供の特権だ」というのがある。そうだ、私は子供なのだ。

「あの、私、マカロニグラタン頼んでいいですか？」

おじさんはにっこりしてうなずきながら、「もちろん、ほかにも、ほらプリンとかアイスも食べなよ」とデザートのページを広げて勧《すす》める。今日はなんていい日なんだろう。

「じゃあプリン・ア・ラ・モードを」

果物や生クリームがたっぷりついてお得そうなそれにした。おじさんはブレンド（コーヒーのことをこう言うらしい）を頼んだ。すぐに料理や飲み物が運ばれてきた。飲み物しか頼んでいないふたりの前では食べにくかったけれど、それも最初のうちだけだった。マカロニグラタンはクリーミーで、プリンはたまごの味が濃い。お母さんがいつも特売で買ってくる三連のプリンを煮詰《につ》めて煮詰めてギュッと凝縮《ぎょうしゅく》した感じ。高くて美味しいものって濃いんだな、と思った。優香ちゃんにも何度も「ちょっと食べてみる？」と言ったけれど「私はいいよ」と言い、おじさんとも会話が弾《はず》まない。「グラタンって、給食でもたまに出るよね」とか「いつか家庭科クラブでもプリンとかやればいいのにね」とか話題を振ると、優香ちゃんは「そうだね」と私のほうに顔を向けて言い、おじさんも「今は給食にグラタンなんて出るんだ。いいね。昔はそんなのなかったなあ」と、私に言う。

それから学校の話になり、おじさんが「二人はなんの教科が好きなの？」と聞くので、

「私は図工。優香ちゃんは体育かな。優香ちゃんは、足が速いんだよ。一組の女子では一番だよね」

と答えると、おじさんは嬉しそうな顔になった。

「へえ、そうなんだ。おじさんも走るのは結構速くて、中学では陸上部だったんだよ」

「じゃあ優香ちゃんはお父さんに似たんだね」

優香ちゃんを見ると、おじさんとは目を合わせないように視線を落としていたけれど、口元はちょっと笑っていた。そんな感じでしばらく、私がワンクッションになって三人で会話をしたが、ふたりが直接話をすることはほとんどなかった。

「さて、と。これからどうしようか」

おじさんが腕時計を見ながら言う。

「もしまだ時間大丈夫なら、どこか遊びに行こうか？　遊園地とか」

なんとも魅力的《みりょくてき》な提案をしてくる。

「そうだ、ドリーミングランドは？　あそこ、行ったことある？」

ドリーミングランドッ。

目の前が急に明るくなった気がした。そこはまさに夢見る国。行きたい、行きたい、行きたいっ。多分クラスで（いや学年でも）行ってないのは私だけ。ホント？　ホントに？　行けるの？　行けるの？　今日これから？

　思わず力を込めて優香ちゃんのほうを見る。お願い、「行く」と言って。いくら私でも優香ちゃんを差し置いて「行きたい」とは言えない。おじさんを見る。ニコニコしている。本当に連れていってくれるの？

　おそらく私は今とても卑《いや》しい顔つきになっていると思う。ご馳走を目の前に、おあずけをされた犬のように行儀よく足は揃《そろ》えているものの、はち切れんばかりの期待で目はらんらんと輝き、ご主人様の次の言葉を待っている。私の顔には「行きたいですっ」と大きな文字が、くっきりと浮かび上がっていることだろう。

「いやいいです。ゴールデンウィークに行ったし。今度また夏休みに行く予定だし」

　さらりと優香ちゃんが答え、がっくり来る。

「そう。ご家族と？」

　ちょっとうわずった声でおじさんが尋《たず》ねる。

「はい、家族と」

　優香ちゃんがそこだけは力強く言った。ドリーミンググランドがみるみるうちに遠ざかる。再び重い空気。一瞬で夢が儚《はかな》く消え、すっかり気落ちしてしまった。

「夕方までには帰るって言ってきてあるんで遅くなれないし」

優香ちゃんが、頬杖《ほおづえ》をついて言う。

「ああ、そうか。そうだね。ドリーミングランド、遠いもんね。今からじゃ遅くなっちゃうか。明日学校だしね」

おじさんが少しだけ救われたような顔になった。

「でも、荒川《あらかわ》遊々ランドなら大丈夫です。ここから近いし」

優香ちゃんが顔を上げて言った。優香ちゃんが、おじさんの顔をはっきりと見据《みす》えたのは、今日これが初めてのような気がする。

「ああ、ああ、荒川遊々ランドね。そうだね、あそこならここからすぐだし、今から行っても十分に遊べるね。ああそうだ、そうしよう。花ちゃんもそこでいいかな？」

「え、あ、はい」

荒川遊々ランドは、区立の遊園地で、動物園や釣《つ》り堀《ぼり》、観覧車や日本で最も遅いと言われるファミリーコースター（決してジェットや絶叫《ぜっきょう》という言葉はつかない）やメリーゴーランド、コーヒーカップといった定番の乗り物がある。しかし対象はせいぜい小学校低学年くらいまでで、六年の私たちが行っても十分に楽しめるとは思えない。でもなんといっても区立で入園料や乗り物が驚くほど安いから、私も保育園の頃、何度かお母さんに連れられて行ったことがある。

ドリーミングランドが、荒川遊々ランドかあ。

比ぶべくもないが、でもまあせっかくの日曜日うちでゴロゴロしているよりはいい。荒川遊々ランドは、思っていたより賑《にぎ》わっていた。やはり小さい子供のいる家族連れが多い。芝生にシートを敷《し》いてお弁当を食べている家族も多かった。うちもお母さんと来た時は、おにぎりをたくさん作ってきて開園から閉園までいたものだ。

ドリーミングランドはお弁当の持ち込みが禁止されていると聞いたことがある。前にそのことをお母さんに言うと、「けっ、中の高い飲食店で金を使わせようってハラだな。その手に乗るかーっ。そんなとこ、こっちからお断りじゃーっ」と吠《ほ》えていたのを思い出す。お母さんと私には、荒川遊々ランドぐらいがちょうどいいのかもしれない。

それでもやっぱり遊園地という場所は、心弾むものがある。三人で観覧車に乗る。「学校、見えるかな」とか「うち、あっち方面だよ」とか優香ちゃんと言いながら。お母さんは今日岸町《きしまち》方面で仕事だと言っていたのを思い出す。ここからそう遠くない。働いているところが、上から見えたらいいなあ。お母さん驚くだろうなあ。そんなことを想像したら楽しくなった。

スカイサイクルはふたり乗りだったので、「お父さんと乗ってあげなよ」と言ったが、優香ちゃんが「いいの、いいの」と言うのでふたりで乗った。おじさんはひとりで乗って後からついてきたが、終始ニコニコしていた。

ファミリーコースターやメリーゴーランドにも乗り、コーヒーカップは、三人で乗った。おじさんは苦手らしく「あんまり回さないでね」と言ったのに、優香ちゃんは勢いよくハンドルを回し、コースターが激しく回転した。「わ、わ、わ、やめてくれよーっ」とおじさんが言うのを見て、優香ちゃんは笑っていた。おじさんは降りると、ちょっとふらついていて顔色も悪く、気の毒になった。

おじさんが少しベンチで休んでいると言うので、私たちは動物ふれあいコーナーでヤギにエサをあげたり、モルモットを抱っこしたりした。あまり期待していなかったが、来てみると、思っていたより楽しかった。

しばらくしておじさんのいるベンチに行くと、ほぼ回復したようで、おじさんが「あれ、乗ってみたら?」と指差す。ポニーの乗馬体験の案内が出ていた。優香ちゃんが首を振る。

「なんで?　今なら並んでいる人いないからすぐに乗れるよ」

「あれ、四歳から十歳って書いてあるよ。私もう十二歳だよ」

おじさんは、ぐっと息が詰まったような顔になった。

「そうだったね。もう十二歳だったね。ごめんね」

うなだれて言う。

「そうだよ、もう七年もたっちゃったんだよ、あれから。私ずっと待っていたのに、一度も会いに来てくれなくて、なのに今さら」

「ごめん、優香。本当にごめんなさい」

おじさんはますますうなだれた。

「もういいよ、もう。お父さん、髪の毛、ずいぶん白くなったね。コーヒーカップだって、昔はぐんぐん自分で回していたのに。私のほうが怖くてきゃあきゃあ言ってた。でも今は平気。七年たつってそういうことだよ」

「ごめん」

「もういいってば。ねえそれよりあそこ行こうよ」

優香ちゃんが指差した先にサル山があった。優香ちゃんがおじさんの手を取る。

「花ちゃん、これで写真撮《と》ってくれる?」

私にスマホを渡してきた。

「ここ押せばいいから」

おじさんと優香ちゃんがサル山の前に並んだ。

あ、と思った。それはおじさんと初めて会った日、見せてくれた写真と同じ場所だった。サルの檻の前で二人で写っている写真。おじさんが優香ちゃんを抱っこしていて。どこかの動物園かと思っていたけど、ここだったんだ。

「はい、じゃあ撮りますよーっ」

私はスマホを掲《かか》げる。でもあの時と違ってふたりの間には距離《きょり》がある。優香ちゃんもすっかり大きい。

「あーっ、うまく入らないから、二人とも、もうちょっとくっついて」

ふたりはちょっとだけ近づいた。まだ隙間《すきま》がある。でもまあいいか。

「はい、笑って、笑って」

ふたりとも笑顔がぎこちない。一枚撮ると、

「もっといっぱい撮って」

優香ちゃんが言うので撮り続けるが、そのたびに、優香ちゃんが思いっきり変顔をしてきた。それは泣くのを我慢《がまん》しているように見えた。おじさんも何かをこらえるように、口をへの字にして笑顔を作ろうとするから、泣き笑いみたいになる。でもその顔はふたりともよく似ているのだった。

閉園時刻を知らせる放送が流れたので、おじさんが駅まで送ってくれて、そこで別

れた。優香ちゃんが「じゃあ、また」と言い、おじさんは何度もうなずいていた。

夕方五時半頃家に着くと、六時過ぎにお母さんも帰ってきた。

「うぃーっ。疲《つか》れた、疲れた」

お母さんは泥水を吸ったボロタオルみたいに全身汚れていた。

「先、シャワー浴びちゃえば？　ご飯は、後でいいから」

「そお？　じゃそうする。悪いね」

お母さんは、首をグリグリと回しながら、浴室に行った。悪いのはこっちだ。お母さんがお昼、昨日の残り物を詰めた（白飯だけは多い）ドカベンを食べている時、私はレストランで美味しいものを食べ（デザートつきで）、お母さんが一生懸命働いている時に、遊園地で遊んでいたのだ（荒川遊々ランドだけど）。

友達のところに遊びに行って、何かご馳走になったら、必ず言うように日頃《ひごろ》から言われているけれど、今日だけは例外だ。今日のことは誰にも言わない、と約束していた。優香ちゃんが本当のお父さんに会ったことは、絶対に優香ちゃんのお母さんに知られちゃいけないことで、もしわかったら今のお父さんも傷つけることになる。だからこれは絶対に秘密なのだと。

「今日誰と遊んでたんだっけ？」

濡《ぬ》れた髪を拭《ふ》きながら、お母さんが出てきた。

「えーと、優香ちゃん、とか」

「ふーん、どこで？」

「荒川、のほう、かな」

「へえ。今日お天気よかったからな」

それ以上聞いてこなかった。嘘はついていない（つもり）。

ごめんね、お母さん、私その分お手伝いするし、一生懸命勉強もするから、と、すり替え法案成立。

その夜、布団の中で今日のことを思い出してみた。優香ちゃんのお父さん、ご馳走してくれたり、ドリーミングランドに誘《さそ》ってくれたりして、お金持ちなのかな。いつか私のお父さんもお金持ちになって、私たちのところへ帰ってきてくれないかな。そういう物語、昔読んだ気がする。『小公女《しょうこうじょ》』だったかな。人生いきなり大逆転。そうしたら三人でレストランに行って（ドリンク無料券がなくても）、好きなものを好きなだけ食べて、ドリーミングランドに行こう。そうだ、その時のためにドリーミングランドは取っておこう。そんなことを考えながら眠《ねむ》りに落ちた。

それから三日ほどたち、私はお母さんとテレビでニュースを見ながら夕飯を食べていた。お母さんはニュース番組が意外に好きなのだ。その日のいろんな報道に怒《おこ》ったり、感心したり、泣いたりしている。この日も、公共料金の値上げに怒《いか》り、長寿老人の健康法にうなずき、幼児虐待《ぎゃくたい》のニュースに涙《なみだ》ぐんでいた。そして画面が切り替わり、次のニュースになった。

「勤めていた会社の運営資金を使い込み横領したとして、この会社の元経理担当の男が逮捕《たいほ》されました。男は住所不定無職の高井真一《しんいち》容疑者四十九歳で、昨夜、海外に逃亡しようとしたところを、空港に張り込んでいた捜査員《そうさいん》に身柄《みがら》を確保され、業務上横領罪で逮捕されました。横領額は、八千万円以上に上るとみられ、容疑者の男は警察の取り調べに対し、金は借金の返済や、飲食費、遊興費にあてたと供述しています」

「かーっ、人の金で飲んだり食ったりすんじゃねーよっ。自分が稼《かせ》いだ金じゃなきゃ湯水のように使ったって、全然惜《お》しくないんだろうよっ。さぞかし楽しいだろうよっ。そんなに遊びたけりゃ自分でちゃんと働けよっ。天誅《てんちゅう》じゃ、あほんだらがっ」

画面に向かってお母さんが吠えるので、何気なくそっちに目をやって、驚いた。食べかけの生姜《しょうが》焼きを口から落としそうになる。

そこに映っていたのは、優香ちゃんのお父さんだった。無精《ぶしょう》ひげを生やし、疲《つか》れきった顔をしていたけれど、間違いない。警察官に脇《わき》を固められ、背中を丸めて、連行される姿がそこにあった。

まさか、まさか、優香ちゃんのお父さんが。そんな、そんな。

会社のお金の使い込み。業務上横領。海外逃亡。容疑者。逮捕。取り調べ。

今までだって何度も耳にしていた言葉なのに、そのひとつひとつがみぞおちあたりにずしりと沈《しず》む。おじさんのやさしい笑顔が浮かぶ。真面目《まじめ》そうで、そんなことをする人には見えなかったのに。いや、これは犯人の人となりを語る近所の人の話の常套《じょうとう》句《く》だけど、実際本当にそうなのだから仕方がない。今度仕事で海外に行って、しばらく帰れないって言ってたけど、そういうことだったのか。高飛びというやつ。おじさん、陸上やってたって言ってたけど、高飛びは失敗したんだな。なんてな、うまいこと言うな、私。いや、笑いごとじゃないんだけど。なんか頭混乱してる私。

あ、待てよ。確か、お金は借金の返済や、飲食費、遊興費に使ったと言っていた。飲食費？　遊興費？　ど、ど、どうしよう。も、も、もしかして、あの時ご馳走になったりんごジュースやマカロニグラタン、プリン・ア・ラ・モードのお金もここから出ていたの？　荒川遊々ランドの入場料や乗り物券のお金も？　ドリーミンググランドじゃなくてまだよかったけど。ドリーミンググランドのほうが断然高いから、もっと罪が重かった。いや、金額の問題じゃない。荒川遊々ランドがいくら安くたって、横領したお金で遊んじゃいけないんだ。どうしよう。まさか私たちも罪に問われる？　ま、まずい。優香ちゃんは飲み物だけだったけど、私、グラタンもプリンも食べちゃってるし。でももうとっくに消化してるから証拠はない。あ、確か荒川遊々ランドの半券とパンフレットが、あの日持っていたリュックの中に入ってる。今すぐ処分しなきゃ。証拠隠滅《しょうこいんめつ》。いや、そんなことしたらもっと罪が深くなるか？

「あ、そうだ。今日大家さんに豆大福もらったんだ。権現坂《ごんげんざか》のとこにある和菓子屋《わがしや》の。結構人気あって売り切れちゃう時もあるんだと。食べるだろ？」

お母さんが立ち上がる。

「ううん、私、今日はいいや」

「えっ、なんで？　大福、好きじゃん」

「なんか、今日はもう胸が、いっぱい」

罪の意識で、とは言えない。

「子供のくせに胸焼けか？　ま、いいや。無理して食うことない。じゃあお母さん全部食べちゃうよ。今日中って書いてあるから、明日食べたいって言っても、もうないからねーっ」

口の周りを粉だらけにして豆大福を頬張るお母さんを見て、気楽でいいなと思った。

お風呂《ふろ》に入る前に、本棚の、一度も開いたことのない『北区のあゆみ』という学校からもらった（全然おもしろくなさそうな）本の間に、半券とパンフレットを、とりあえず挟んでおいた。捨ててしまうのも、なんだか後ろめたい気がして。それまでなんでもなかったその本の存在感が、急にずしりと重みを増したように思えた。

次の日、学校に行くと、早速《さっそく》優香ちゃんが私のクラスに来て「今日、クラブの日じゃないけど、一緒に帰れる？」と、引きつった（ように見える）笑顔で聞いてきた。

「う、うん。いいよ」と答えたが、私の顔もこわばっていたと思う。

学校が終わり、校門前で待ち合わせた私たちは、しばらく無言で歩いた。

「あのさあ、ニュース、見た？」

優香ちゃんがこっちを見ずに言う。

「うん、まあ」

「これ、あげる」

優香ちゃんがスカートのポケットから出した手を広げる。女の子に人気のある『ぽっぺちゃん』というキャラクターの缶《かん》バッジだった。ビニールの袋に入っているから新品だ。

「えっ、なんで？」

「いいから、ね」

優香ちゃんが缶バッジを私の手に握《にぎ》らせてくる。戸惑《とまど》っていると、

「だからね、誰にもね、言わないでね、あのこと」

優香ちゃんが私の顔を見る。怯《おび》えているような、すがるような目を見てわかった。

ああ、優香ちゃんは私があのことを言いふらすんじゃないかと、心配しているんだ。

缶バッジは口止め料ってことか。

「言わないよ、絶対。私は、そんなことしない」

「ホントに？」

弱々しく聞く。

「本当だよ。だって私のお父さんだって、似たようなもんだもん」

「えっ、花ちゃんのお父さんも悪いことした人なの？」

「うん、十中八九そう」

「今どうしてんの？　捕まって牢屋《ろうや》の中？　それともまだ逃亡中とか？」

「さあ、詳しいことはわかんないけど。お母さん、お父さんのこと全然話そうとしないし、うちではお父さんのことはタブーになってるから」

「そうなんだ」

「うん、だからこれ、いらないよ。大丈夫、誰にも言ったりしないから」

缶バッジを返そうとすると、

「いいの、いいの。それは持ってて」

「でも」

「そうだ、花ちゃんもうすぐ誕生日でしょ。だからそれはプレゼント。ね」

優香ちゃんがニッコリ笑う。実はぽっぺちゃんシリーズの小物は前から欲しかったのだ。

「でも父親が似た者同士の花ちゃんでよかったよ。うちのお父さんに会ってくれたのがさ。ほかの子じゃ大変だった。不幸中の幸いってやつだね」

「そ、そう?」

複雑な思いがしないでもなかったが、優香ちゃんが、ほっとした顔をしていたので、よかったと思った。

「このことはふたりだけの秘密だよ」

優香ちゃんが声を潜めて言う。

「もちろん」

神妙《しんみょう》にうなずく。

「墓場まで持っていくんだよ」

「墓場。なんか怖いなあ」

「この前、サスペンスドラマ見てたら言ってたんだよ。死ぬまで、ううん、死んでも誰にも言わないってこと」

「わかってる」

「あーっ、でもさ、だったらあの時、やっぱりドリーミングランド行けばよかったよねっ。もう会えないってわかってたらさ。最後の思い出が荒川遊々ランドだなんて、ショボ過ぎるーっ」

冗談めかして優香ちゃんが言い、へへっと舌を出した。でもやっぱりその顔は、泣き出しそうなのをこらえているように見えるのだった。

そんなのわかんないよ、またいつか会えるかもしれないよ、とは簡単に口にできなかった。もし罪を償《つぐな》って、刑務所から出てきたとしても、おじさんは、もう優香ちゃんに会わないだろうと思う。もし国内で捕まるとしても、外国に逃げおおせたとしても、優香ちゃんとは、二度と会えない、とあの日おじさんだけが知っていた。どんな思いで、別れ際《ぎわ》に「じゃあ、また」と言った優香ちゃんの言葉を聞いたのだろう。

それでも優香ちゃんとおじさんが、いつかどこかで、また会えたらいいなと思う。

私は、どうなんだろう。いつかどこかで、があるんだろうか?

優香ちゃんが、ふと足を止める。警察署の前に差しかかっていた。入り口に長い木の棒を持った警察官が、いかめしい顔つきで立っている。いつもの通学路。何千回と通った道。警察官が立っているのもいつものことだ。なのに。警察官が手にしている長い木の棒。確か警杖《けいじょう》というのだっけ。社会科見学の時習った。警棒より長い。悪者をやっつけるための杖。私と優香ちゃんのお父さんは、あれで追われる側の人間だ。そう思うとちょっと体がこわばる。警察官が、ジロッとこっちを見た。優香ちゃんが一瞬ビクッとする。

「走ろう」

優香ちゃんが言うやいなや、駆《か》け出す。私も後に続く。警察官がこっちを見ているような気がしたが、振り払うようにダッシュした。ようやく警察の建物が見えないところまで来る。ふたりとも息を切らしている。優香ちゃんの額に汗が光っていた。どちらからともなく笑い出す。別におかしいこともないのだけれど、笑わずにいられなかった。

その日の夜、夕飯の後、お母さんが寝転がりながら、『懐《なつ》かしの歌謡曲《かようきょく》』という特別番組を見ていた。曲調も歌詞も、聞いたことがあるようなないような、古めかしいものばかりだったけど、お母さんは知っている歌が出てくると、ところどころ一緒に口ずさんでいた。画面では、着物を着た女の人が演歌っぽいものを歌っていた。途中でセリフが入ったりして、私は初めて聴《き》く曲だった。『瞼の母』と曲名が出ていたが、読めないので聞いてみた。

「これはまぶたって読むんだよ。まぶたの母」

「どういう意味」

「母親と死に別れたり、遠くに離《はな》れていて会えないけれど、記憶《きおく》や夢の中にある面影《おもかげ》が、瞼《まぶた》を閉じると蘇《よみがえ》るってこと」

「ふうん」

目を閉じてみる。無理だとわかっているけれど、父の面影を捜してみる。美希のお父さんや、遺影《いえい》で見た中野さんのお父さん、優香ちゃんのお父さん、大家さんの旦那さん、果ては木戸先生の顔まで次々に浮かんできたけれど、どれも私のお父さんの面影じゃない。

優香ちゃんは、まぶたの父が浮かぶだけまだいい。私には面影のかけらすらない。

目を開けると、お母さんがじっとこっちを見ていた。

「花、お父さんのこと知りたい？」

静かな声でお母さんが聞く。目の奥が洞穴《ほらあな》みたいにぽっかり暗い。今までにも何回かこういう目をしたお母さんを見てきたけど、そのたびに私はひどく怖くなってしまうのだった。

「ううん、いい。今は」

そう言って目をそらした。「そ」と短く言い、お母さんはまたテレビの画面に顔を戻した。こういう時、お母さんがすぐそばにいるのになぜか一人ぼっちの気がする。お母さんも一人ぼっち。

お母さんは、お父さんのことだけじゃなく、自分の過去についてもほとんど話さない。まるで過去がない人みたいに。真理恵なんかは母親が、「ママが小さい頃はこうだった」とか「ママの学生時代はどうだった」とか、事あるごとにすぐ引き合いに出すので、うんざりだと言っていた。「なんで大人って昔の話が好きなんだろう」とも。

優香ちゃんは今日「墓場まで持っていく」という言葉を口にしたけれど、お母さんの両親が亡くなっているなら、そのお墓はどこにあるのだろう。私は一度もお墓参りをしたことがない。お父さんのことだけじゃなく本当は聞きたいことがいっぱいある。

けれど木戸先生が前に話してくれたことを思い出す。

「人は誰でも、言いたくないことがあります。その人が話したくないことを無理やり聞き出すのはよくありません。真実をすべて知ることがいいとは限らないし、その必要もないんです。そして知った後では、もう知る前には戻れないんですよ」

お母さんはいつの間にか眠っていた。疲れているんだろう。テレビを消し、隣の部屋から毛布を持ってきてかけてあげた。ついでに洗い終わった食器もしまっておこう。

台所の隅《すみ》に小さな茶簞笥《ちゃだんす》が置いてある。ところどころ剝《は》げているベニヤ板製のそれは、あるお宅の庭先に「よろしかったら、ご自由にお持ちください」と紙が貼られていたもので、お母さんと私が大家さんに台車を借りて運んできたのだった。

アパートの前で、その茶簞笥をぼろ雑巾《ぞうきん》で拭いていると、大家さんが来て、「おおっ、まだまだ立派に使えるやないの。あんた、いい拾い物したな。昭和レトロっちゅーんか、この枯《か》れた味わいがなんとも言えん雰囲気《ふんいき》だワ」と物は言いようなことを言い、「地球にやさしいリサイクルですワ」と、お母さんも得意げな顔をしていた。

茶碗《ちゃわん》や皿をしまいながら、また木戸先生の言葉を思い出す。『食器棚の骸骨』。どんな家にも秘密にしておきたいことがある。うちのは食器棚と呼べるほど立派なものではないけれど、思いのほか使い勝手がよく、ふたり暮らしの住まいにはちょうどいい。

優香ちゃん家の食器棚は、どんなだろう。確か大きな一軒家だったから立派なものかもしれない。でもその棚には骸骨がある。

うちは？

お母さんが「うーん」と言って寝返りを打った。夜に溶《と》けるように、静かに雨が降り出した。雨に濡れた草の匂いがする。

うちの骸骨は、これじゃ収まりきらないかもしれないな。

そう思いながら、茶簞笥の引き戸を閉めた。

花も実もある

　花も実もある人生を、と願いを込《こ》めて名づけたのだとお母さんは言った。だから花《はな》実《み》。それなら逆さまにして、実花《みか》にしてくれたほうが、かわいかったのにと思う。小学校低学年の頃《ころ》は、男子に「お花見、お花見」とよくからかわれた。でも実はこれ、人に聞かれたり、学校で名前の由来を調べてくるという課題が出された時用の表向きのエピソードで、本当は死んで花実が咲《さ》くものか、から取ったのだった。しかし子供の命名に「死んで」というフレーズは、さすがのお母さんもよろしくないと感じたらしい。花も実もあるが由来、ということにしてある。

「死んで花実が」とはどういう意味かと尋《たず》ねると、「とにかく生きろってことだ」とお母さんは答えた。一体どういう状況《じょうきょう》でつけられたのか。同じクラスの女子の、お母さんが声楽を学んでいたことからつけた有愛《ありあ》ちゃんとか、天使という意味のフランス語が由来の杏樹《あんじゅ》ちゃん、百人一首から取った若菜《わかな》ちゃんなんかに比べると、何やら非常に緊迫感《きんぱくかん》がある。

私が生まれた時、私のお父さんは既《すで》にいなかった。一応、死んだことになっているが、そのへんのところが、あやふやなのだ。その件に関して、お母さんは一切口を開かないので、わからない。言いたくないということは、私が聞いて後悔《こうかい》するような話なのだろう。

お母さんは、夫どころか、自分の両親もきょうだいもつき合いのある親戚《しんせき》もいなかったので、ひとりで病院に行き、私を産んだ。「大変だったね」と言うと、「病院で生まれたんだから御《おん》の字だ」と返す。

「お母さんはどこで生まれたの？　助産院とか？　昔だから、もしかして自宅とか？」

「だったらいいけどな」

それ以外で、一体どこで生まれたというのだろう。そう聞くと、「地獄《じごく》、地獄」と言って、へへへっと笑った。

普通《ふつう》だったら、ただの冗談《じょうだん》（さしておもしろくもないが）で済ませられるだろうけど、お母さんの場合は、もしかして、と思えてしまう。お母さんは自分の出生《しゅっしょう》や生い立ちをほとんど語らないが、どうやら孤児《こじ》であるらしい。

お母さんは工事現場で働いている。道路の舗装《ほそう》工事や、家の解体もしている。ほかに女の人はいない。かなりの重労働だからだろう。いつ頃からこの仕事を始めたのか、違う仕事に就いたことはあるのかとか、全くわからない。一番身近ながら謎多き人である。

それでも暮らしていれば、その端々《はしばし》からこぼれ見えてくるものがある。まずは食べることに関して、もう食いしん坊《ぼう》とか食い意地とかのレベルではなく、異常に執着《しゅうちゃく》心《しん》が強い。お母さんを見ていると、食べることはまさに生きることだと改めて実感させられる。とにかくなんでもよく食べる。だが体質なのか、ガリガリに痩《や》せている。

異常に消化力が強いのか、食べてもすぐに腹が減り、ハングリー精神とかの比喩《ひゆ》的表現ではなく、常に腹ぺこ、リアルにハングリーなのだった。飢《う》えた狼《おおかみ》というとかっこいいが、お母さんは、いつも腹を空《す》かせてエサを探し回っている野良犬《のらいぬ》だった。

どんなものでも美味《おい》しがって食べるが、中でも好きなのがお餅《もち》で、正月と言わず、一年中よく食べていた。それもむやみやたらとありがたがって。本人曰《いわ》く「お餅は、神様の食べ物だからな。生きる力が湧《わ》いてくる」そうである。特にこれといった味もないお餅を、私は好きでも嫌いでもなかったが、お母さんは、あんこやきなこはもちろん、時にはマーガリンと砂糖を山盛りにして、美味しそうに食べている。かなりのハイカロリーになると思うのだが、本当に全く太らないのが不思議だ。いくら体を使う仕事だとはいえ。本人も、もう少し太りたいらしく、街なかでよく肥《こ》えた人を見ると、「いいなあ、うまいもん食ってんだろうな。ラクな暮らししてんだろうなあ」と、皮肉ではなく、心底羨《うらや》ましそうに言う。

友達の真理恵《まりえ》のママなどは、中年になってから太りやすくなったと言い、気にしているのに、趣味《しゅみ》が有名店の食べ歩きで、それでかなり太ってしまい、エステの痩身《そうしん》コースに行っているという。そのことをお母さんに話すと、「金かけて太って、金かけて痩せるんかい。ご苦労なこっちゃ。それにしても、真理恵ちゃんのお母さん、上品そうに見えて、歩き食べが趣味とはなあ。あんましお行儀《ぎょうぎ》がいいとは言えんよなあ」と言って、ぐふふふと笑っていた。どうやら「食べ歩き」と「歩き食べ」を取り違えているようだが、お母さんが楽しそうなので、スルーしておく。

もっともお母さんは、歩き食べどころの話じゃないことをするのだけど。これは本当にやめてほしいし、人に言うのも憚《はばか》られるのだが、拾い食いをするのだ。ごくたまにだけれど、道端《みちばた》にキャンディーだとかお菓子《かし》だとかが落ちていることがある。お母さんは、これを素通《すどお》りできないのだ。必ず拾う。さすがに、剝《む》き出しでアリがたかっていたり、明らかに食べかけのものには手を出さないが、個包装のものは必ず拾う。そして食べる。かなり危険な行為《こうい》なので、やめてくれと頼《たの》んでも、「食べ物を粗末《そまつ》にしたら、次に生まれ変わった時、食料がなくて餓死《がし》するような目にあうかもしれないんだよ」と、真剣《しんけん》な目をして言う。

「それにな、もしここでこの飴《あめ》を拾わなかったとする。で、その後に遭難《そうなん》したり、どこかに拉致《らち》されて、食べるものがなんにもない状況に陥《おちい》った時に、必ず今日のこの日の飴玉のことを思い出すんだよ。ああ、あの時の、あの飴玉がここにあれば、ってな。そういう思いをしたくないから、今拾うんだ」と、かなりレアなケースを持ち出してくる。

「でもやっぱり心配だよ。そういうの拾って食べて亡《な》くなったとかいう話、前に聞いたことあるし」

「それは大丈夫。ちゃんと見てるから。どこかに穴があいてないかとか」

「そういうの、うまくわからないように、毒を塗《ぬ》ってまた袋《ふくろ》の口を張り合わせて、とかしてたら？」

「まあそういうこともなきにしもあらずだけど、例えばこのクッキー、昨日、聖ルルド学園幼稚園《ようちえん》の前で拾ったんだけど」

　お母さんは、愛用の斜《なな》め肩《かた》がけズダ袋の中から、クッキーの小袋を取り出す。カントリーマミィのプレミアムだから、普通のよりちょっと高いやつだ。真理恵の家に遊びに行った時、一度食べたことがある。

聖ルルド学園幼稚園は、系列の大学までエスカレータ式で上がれ、この地域では、経済的に余裕《よゆう》のある家の子が通っていた。

「あの幼稚園の前に落ちていたということは、お迎《むか》えに来ているお母さんのバッグから落ちた確率が非常に高い。だから大丈夫だ」

一応お母さんなりの安全基準はあるようだ。

聖ルルド学園幼稚園にお迎えに来るお母さんたちの、優雅《ゆうが》な姿を思い出す。みんな品のある紺系統《こんけいとう》の服装で、きちんとお化粧《けしょう》をし、髪《かみ》をカールさせ、程《ほど》よいヒール靴《ぐつ》を履《は》いている。顔も洗わず、髪もとかさず（仕事でどうせ汚《よご》れるのだから、という理屈《りくつ》だ）、くすんだ色の作業着で自転車をぶっ飛ばして私を保育園に送り届けていたお母さんとはエラい違いだ。流れている時間が違う気がする。皆揃《みなそろ》いであつらえたような紺色のサブバッグを提《さ》げていて、その中に飲み物だとかおやつが入っていると思われる。そこからこぼれ落ちたものなら、安心というわけか。それでもやっぱりどうかと思う。

「いや、これはお母さんだから、いいんだ。ほかの人に勧《すす》めたりしない。特に未来のある子供はダメだ。絶対に真似《まね》しちゃいけない。でもお母さんは大丈夫《だいじょうぶ》だ。ゴキブリがゴミ食っても、死なないのと同じだっ」

と言い放った。自分をゴキブリと同等に語れるお母さんは、果たしてすごいのか、すごくないのか。

それでもまだ眉《まゆ》をひそめている私にお母さんは、

「一度でも心底飢えた経験のある人間はこうなる。飢えは人間のすべてを奪《うば》うんだ。何を聞いても何を見ても、もう食べ物のことしか考えられなくなる。飢えは人から人間らしさを奪って、支配して、人を人でなくしてしまう。大きな飢えの塊《かたまり》にしちまうんだ」と言う。

私は国語の時間に、担任の木戸《きど》先生が言ったことを思い出す。ひもじいという言葉が、教科書に出てきた時のことだ。

「ひもじいというのは、空腹で食べ物が欲《ほ》しい、ひどくお腹《なか》が減っているという意味です。戦中戦後は、欠食児童という言葉もありましたが、大人でも子供でも、ひもじい思いをした人がたくさんいました。食べ物があふれて、飽食《ほうしょく》の時代といわれる現代では、あまり使われなくなった言葉です」

いくらなんでもお母さんは戦中戦後の生まれではないから、いつどこでそんなひもじい思いをしていたのだろう。

私はここである考えに行き着いた。親きょうだい、親戚がほとんどいないこと。昔、ひどく飢えた経験があること。もしかしてお母さんは、戦時中、もしくは大飢饉《だいききん》に襲《おそ》われた江戸《えど》時代とかからタイムスリップしてきた人ではなかろうか。または食料事情の悪い外国から逃《に》げてきた人。亡命者というのだったか、現代でも飢えに苦しんでいる国では、木の皮をはいで食べたり、草や虫を食べていて、道端には、餓死した人がゴロゴロしているという。

どちらもリアリティがないが、それでもまだ可能性があるのは亡命者のほうかもしれない。

「お母さんってもしかして、亡命者?」

「は?　ボウメイ?　何それ?」

「外国から逃げてきた人」

「まさか。正真正銘《しょうしんしょうめい》日本人、生まれてこのかた、日本から出たことないわい」

まあ、そうだろう。

「でも外国から来たんだったら、その国の言葉、しゃべれるんだよな。日本語とバイリンガル。お母さんにそーんな特技があったら、今頃それを活《い》かして一山当ててるわいっ」

バイリンガルでどうやったら「一山当てる」のかわからないが、これは「元が取れる」「買えば高い」と同等に、お母さんが好きな言葉の一つだ。

「変なこと言うなあ、亡命者なんて。お母さんはボウメイより棒鱈《ぼうだら》のほうがいいな。ああ棒鱈食いたい」

お母さんは、タイムスリップした人、亡命者というより、餓鬼《がき》に取り憑《つ》かれた人というのが一番近いのかもしれない。

今でこそ天涯孤独《てんがいこどく》なお母さんであるが、小さい頃遠い親戚の家に一時期、身を寄せていたようなことを言っていた。将来就きたい職業について調べてくる課題が出された時だ。その頃私はまだ具体的にこれと思う職業がなくて、参考までにお母さんに聞いてみたのだった。

「お母さんって、子供の頃、何になりたかったの？」

「えーっ、子供の頃？　なんだったろうなあ。うーん、よく覚えていないけど。ああ、そうだ、タッチャンになりたいって思ってたな」

「えっ、それ誰《だれ》？」

「昔、今のあんたよりもっと小さい頃、ちょっとだけ遠い親戚に預けられていたことがあって、田舎《いなか》の村だったんだけど、近所のお寺に、タッチャンって男の人がいて、タッチャンって言っても、もう大人なんだけどね、墓参りに来た人がお供えしていくお菓子や果物、飲み物なんかを、この人だけが飲み食いしていいってことになってて。私ら子供は絶対にダメって言われてるのにさ。タッチャンはそういうのを食べる役目だったんだよね。墓参りに来る人は、ご先祖様《せんぞ》へのお供え物だから、和菓子でもビスケットでも、普段《ふだん》よりちょっといいものを持ってくるんだよね。それがもう食べたくて食べたくてさあ、分厚い月餅《げっぺい》だとか、チョコのかかったクッキーに干しぶどうがたっぷり入ったドライケーキだとか。でもそれが許されているのはタッチャンだけだったからね。もう羨ましくて仕方なかったよ。ああっ、大人になったらタッチャンになりたいって、心から思ったよ」

「そ、それはちゃんとした職業なの？」

「さあ、お寺の雑用なんかをしていたみたいだけど、ちょっとうすぼんやりした人だったから、雑務をする代わりにお寺に置いてもらっていたのかなあ」

そんな人に憧《あこが》れていたのか、お母さん。それにしてもこうして出てくる思い出話も、食べ物絡《がら》みのひもじさ感あふれるもので、真理恵のママがいつか話してくれた子供時代の話とは、何かが違う。

「ママたちの子供の頃はね、日焼けすればするほど丈夫になる、夏によく日焼けしたら冬風邪《かぜ》をひかない、なんて言われていたのよ。だから夏休み、鵠沼海岸《くげぬま》の別荘に行った時には毎日海に行って、兄と競《きそ》って焼いたものよ。どちらが黒くなれるか、なんてね。紫外線《しがいせん》のことなんて全然気にしていなかった。今考えると、とんでもないわね」

と言って、ほほほ、と笑った。お母さんの幼少期の話には、こういった微笑《ほほえ》ましさとか、郷愁《きょうしゅう》がない。

また、尊敬する人という題で作文を書いてくる課題が出された時のことだ。すぐには浮かばなかったので、お母さんに一応聞いてみた。

「尊敬する人？」

「そう、お母さんが『この人すごいなあ』って思う人」

「ああ、それなら、水田《みずた》歩道橋の下にいるホームレスのおっさんだな」

「は？」

「あのおっさんはすごいぞ。花実が生まれる前からずっといる。大家《おおや》のおばさんの話じゃあ、もう二十年くらいあそこにいるんじゃないかって」

その人なら私も知っている。水田歩道橋はよく遊びに行く公園に近いからだ。櫛《くし》なんかとても通せそうもないくっちゃくちゃの髪に、厚く硬《かた》そうな肌《はだ》の赤黒い顔、よれよれの服に、油染《あぶらじ》みたようなズボン。歩道橋の階段《かいだん》の下に段ボールを敷《し》いていつもそこに座《すわ》っていた。周りには、シワシワの紙袋やスーパーのレジ袋がいくつも積まれている。どこから調達したのか、たまにコンビニ弁当らしきものをがっついていることもあった。

「そ、その人の、どこが尊敬できるっていうの？」

「だって二十年以上、ずっとひとりであの生活だぞ。誰とも関《かか》わらず、道行く人の視線に耐《た》えて、何をするでもなく、ほぼずっとあそこに座っている。手足を伸《の》ばして布《ふ》団《とん》に横たわることもなく、気温四十度近くの屋外で熱中症《ねっちゅうしょう》にもならず、大雪の降った凍《い》てつく朝にも凍死《とうし》していない。予防注射なんかしなくても、インフルエンザにもかからず、残飯食っても食中毒にもならないんだよ。新宿あたりみたいにホームレスの仲間がいるわけじゃないし、ずっとずっと独りなんだよ。想像を絶する孤独だよ。あんな生活、普通の人じゃ十日ともたないよ。まず精神がやられるし、体を壊《こわ》すよ。だからあの人は、ものすごく精神的にも肉体的にもタフな人なんだ。極寒酷暑《ごっかんこくしょ》を生《い》き抜《ぬ》く強靱《きょうじん》な身体と、鋼《はがね》の精神力を持った人なんだよ。お母さんだってあの人にはかなわないよ。例えば身を切るような寒風が一晩中強く吹いて零度《れいど》以下になった夜なんか、お母さんはこの人のことを思うよ。さすがにこの寒さじゃ凍死してんじゃないかと思うような夜でも、ちゃんと生き延びてるんだよ。すごいと思わないか？　お母さんなんか、寒さでふと目が覚めてなかなか寝《ね》つけなくなった冬の夜とか、自分はなんてヤワなんだろうって思うよ。室内にいるのに、寒いだなんて。あの人は本当にすごい、すごい人だよ」

「う、うーん」

別にふざけているのではなく、本当にそう思っているらしい。しかしなぜお母さんが挙げる人は、タッチャンとか水田歩道橋のホームレスとか、こうも「ギリギリ」の人たちなんだろう。

そんなお母さんの趣味は新聞を読むことだ。意外かもしれないが、新聞にはよく目を通している。お母さんのことだから、新聞代の元を取ろうとして熱心に読んでいるのか、とも思ったが、そうでもなさそうだった。

「学歴は今さらつかないけど、教養は後からでも身につきますからね」

ちょっと得意げな顔をして言う。

「ふん、ふん」などとうなずきながらすみずみまでよく読んでいる。お母さんは、新聞をとにかく絶対的に信じているのだ。

「当たり前じゃないか。新聞社っていうのは、ものすごーく難しい大学に行って、そこでまたものすごーく成績のよかった人しか入れないんだぞ。そんな人たちが間違《まちが》ったこと書くわけがない」

しかし、私はその意見には素直《すなお》にうなずけない。木戸先生が、社会の時間に言っていた。

「新聞も、時に間違えることがあります。すべてを鵜呑《うの》みにしてはいけません。新聞を疑う目を持ち、自分なりの考えを持つことが大事です」

そのことを言ってあげようかなと思ったが、やめておく。なんにせよ心の拠《よ》り所《どころ》があるのは、いいことだ。

そんなお母さんが新聞を読んでいて、妙《みょう》にしんみりすることがある。それは子供が虐待《ぎゃくたい》されて亡くなったという記事が出ている時だ。しゅるしゅるとしぼんでいくように妙におとなしくなる。そんな時は、さすがの食欲も少し落ちるほどだ。

しばらくすると引き出しの中から、地元の信用金庫でもらった手帳を取り出し、ちびた鉛筆《えんぴつ》で何やら書き込んでいる。お母さんが字を書くのなんて、学校の連絡帳《れんらくちょう》以外、ほとんどないから気になって覗《のぞ》き込《こ》むと、ささっと隠《かく》してしまう。余計気になるので、しつこく聞くと渋々《しぶしぶ》といった感じで手帳を開いた。そこには、松木海帆《まつきみほ》（三）、村上陽太《むらかみようた》（五）、新井一樹《あらいかずき》（一歳七ヶ月）などと、名前と年齢《ねんれい》が書かれていた。

「な、何、これ」

「これは親に虐待されて亡くなった子供の名前だよ」

などと言うのでギョッとする。

「どうしてそんなもの書いてるの」

気味が悪くなって聞くと、

「だって子供が親に殺されることほどむごいことがあるかい。この世で最後《さいご》に見たのが自分を殺す親の顔だなんて悲し過ぎるよ。この、松木海帆ちゃんなんて、いい名前じゃないか。親は確かに、この子が生まれた時、この子のことを思って、名前をつけたんだよ。それなのに、たった三歳で殺しちまうなんて。この子はなんのために生まれてきたんだよ。あまりにもかわいそうじゃないか。この子たちにとっては、お母さんなんて見ず知らずのおばさんだけど、こうやって名前を書いて手を合わせて、悼《いた》んでいるんだよ。少しでも魂《たましい》が救われるように、って祈《いの》ってるんだよ」

と、湿った声で言う。

それと関連があるのかはわからないが、お母さんはたまに夜中にうなされて、がばっと跳《は》ね起きることがあった。ひどく寝汗《ねあせ》をかいている。

「どうしたの？」

寝ぼけ眼《まなこ》で聞くと、

「ああ、なんでもない。ちょっと怖《こわ》い夢を見ただけ」

弱々しい笑顔で言う。

お化けの夢でも見たのかな、と思っていたが、そんなものを怖がる人じゃない。お母さんを苦しめるのは、もっと別のことだろう。

そんなお母さんと暮らして十二年になるのだった。


夏休みになった。小学校最後の夏休みだけど、これといった予定がない。せいぜい学校のプールに行くくらいだ。仲のいい真理恵と美希は中学受験をするので、塾《じゅく》に行き通しだという。日曜は模試の予定が入っていて、本当に遊んでいる暇《ひま》などなさそうだ。受験しない子でも、習い事やスポーツクラブの合宿や、家族旅行やらでみんな忙《いそが》しいらしい。

あまりにも暑くて暇な時は、午前中学校のプールに行って、午後からは区民プールに行ったりもする。どれだけ行くところがないんだと我ながら思うが、たまに同じような子もいて、隣《となり》のクラスの男子だったけれど、午前の学校のプールでも、午後の区民プールでも会ってしまって、お互《たが》い思わず目をそらしてしまったこともある。

その日も区民プールから帰ってくると、大家のおばさんが上がり込んでいた。お母さんも、仕事から帰っていた。テーブルの上に、剝いた梨《なし》の皿がある。

「お帰り。疲《つか》れたろう？　泳いだ後は水分取らなくちゃね。おばさんが梨を持ってきてくれたよ」

おばさんの親戚が福島で果物を作っているとかで、時々こうしておすそわけをしてくれるのだ。

「ほら、なんてったって初物《はつもの》だからね」

おばさんが大きな声で言う。

「あーありがたい、ありがたい」

お母さんがハエのように手をすりあわせて梨を拝んだ。このふたりは、初物をやたらにありがたがる。初物を食べると長生きすると信じているのだ。何かにつけて、

「これ、初物だよ」

とありがたがって食べているが、私が小さい時からそんなことを言ってずっと食べ続けているので、このふたりの寿命《じゅみょう》は相当延びているはずである（推定三百歳）。

しゃりっと歯を立てると口いっぱいに甘《あま》い果汁《かじゅう》が広がる。プールのはしごをした体に染みわたるようだ。

「美味しい」

そうだろう、そうだろうと、二人が笑った。

「食べ終わったらでいいから、後でこれを上に持っていってくれないかい？　あたしゃ朝からまた膝《ひざ》が痛くてさ、階段上るのがしんどいのさ」

おばさんが、ラップのかかった梨の皿を差し出す。

上、というのは、おばさんの息子《むすこ》が住んでいる部屋のことだ。おばさんのひとり息子は、私たちが住む一階の真上に住んでいた。おばさんは、アパートに隣接《りんせつ》する一軒《いっけん》家《や》に、一人で住んでいる。昔おばさんの旦那《だんな》さんがまだ生きていた頃、息子と大喧嘩《おおげんか》をして、追い出したのだが、結局行くところもない息子はこのアパートの空き部屋に住み着いたということだ。息子は二十代前半らしいが、働いていない。学生でもない。ニートというやつだ。一日の大半は部屋でゴロゴロしているようだが、たまに近所のコンビニで雑誌を立ち読みしている姿や、公園のベンチに座っているのを見かけた。ひょろりと背が高く青白い顔で、髪はボサボサ、無精《ぶしょう》ひげを生やし、むさくるしい風《ふう》体《てい》をしている。

なんでも小さい頃は神童と呼ばれたほど優秀で、中学受験をして最難関の男子校に入ったが、何があったのか、だんだん学校に行かなくなり、一貫《いっかん》の高校には上がったものの、途中《とちゅう》でやめてしまったそうだ。そして今に至る、らしい。おばさんとは顔も体型も、全然似ていなかった。

おばさんとは仲がいいお母さんだが、この息子のことはあまりよく思っていないらしい。お母さんの苦手なインテリタイプだからかもしれない。お母さんは、自分とは全く別次元の知識階級の人たちに対し、不自然に敬遠したり、無条件でひれ伏す傾向《けいこう》がある。

「元秀才だかなんだか知らんけど、何考えてるかわからない不気味なやつだよ。あんまり関わるなよ。爆弾《ばくだん》作ってるかもしれん」

もっともお母さんは、怪《あや》しそうな人を見ると、「爆弾作ってる」と必ず言うのであるが。もし本当に爆弾を作っているのなら、やっぱり頭がいいのだろう。

働きもせずぶらぶらしていることも気に食わないらしく、

「児孫《じそん》のために美田《びでん》を買わず、って本当だな。なまじ財産があるから、ああやって甘えて働かないいんだ。いいご身分だよ」

とも言うが、羨ましい気持ちも入っているのだろう。

食事はおばさんが母屋《おもや》から運んでいるが、親子なんだから一緒《いっしょ》に食べればいいのに。お母さんがいない時、ひとりで食べるご飯は、どんなに好きなものでも少し違う味がする。

梨の皿を持って、鉄の階段を上りかけると、一番上のところにその息子が座ってぼんやりとしていた。こんにちは、と下から声をかけると、わずかに顎《あご》を動かし、ぼそっと何か言ったようだ。上まで行き、皿を差し出す。

「これ、おばさんが。初物だから、長生きするって」

「長生きか」

息子は手に取った梨に視線を落とした。

「長生きしたいってことはきっといい人生なんだろうな」

抑揚《よくよう》のない声で言う。

「え?」

「そんなふうに言える人生なんて羨ましいな、と思ってさ。俺《おれ》なんか一分一秒でも早くこの忌々《いまいま》しい人生を終わらせたいと思っているのに」

「はあ」

「君、お母さんに俺とあまり話しちゃいけないとか言われてるんじゃない?」

ズバリだったのでドキッとした。

「いや、まあ、はあ」

「俺、危なそうに見える?」

「はあ、いや、まあ」

「残念ながら、俺にそんな情熱はないんだ。犯罪をするにしても、ある種の情熱が必要だからね。俺にはそんなもの、ありゃしない。いわば空蝉《うつせみ》だよ。命の灯火《ともしび》が燃え尽きるのを待っているだけの躯《むくろ》なんだよ」

息子は短いため息をつくと、梨をムシャムシャ食べ出した。空蝉でも腹は減るらしい。お母さんが言うように、何を考えているのかよくわからないやつだ。

次の日、学校のプールと区民プールをはしごした帰り、激安堂《げきやすどう》という食料品店に寄った。その名の通り激安の店で、古びたビルの二階が事務所兼《けん》倉庫、一階が売り場になっていた。クラスのみんなに「あれは、ヤバい」と噂《うわさ》されるその建物は、壁面が薄《うす》墨《ずみ》を流したように汚れており、縦横無尽《じゅうおうむじん》に亀裂《きれつ》が走っていて、見る者の不安を掻《か》き立てた。

野菜や果物は大手スーパーの半額以下で、菓子類や麺類《めんるい》などの食料品も、こっちが「これでやっていけるのか?」と心配になるほど破格の値段で売っている。ただしそれらは、よく見ると聞いたことがないようなメーカーのものだったりした。

社長と呼ばれる六十代ぐらいのおじさんと、多分昔は綺麗《きれい》だったろうが、今はしなびた白ナスみたいな顔をしたおとなしそうな奥さんと、年季の入ったパートのおばちゃんとで切り盛りしていて、傍《はた》から見ても人件費を極力削《けず》っているのがわかる。店内は所狭《ところせま》しと商品が積み上げられていて、人がすれ違うのもやっとといった感じだ。うずたかく積み上げられている商品を見ると、大丈夫かと心配になるが、先の大地震《おおじしん》でも、「ほとんど崩《くず》れなかった」と社長が胸を張っていたから、積み方に何かコツがあるのかもしれない。

お母さんもよく来ているが、ただでさえ安い激安堂なのにお母さんは、ちょっと傷《いた》んでいるような果物や野菜を目ざとく見つけ、「これ、傷んでるよ、ちょっと負けてよ」などと言い、社長も「これ、中はなんともないと思うんだけどなあ、しょうがないなあ」と言いながら値引きシールを貼《は》ってくれている。ここらあたりの貧民層御用《ごよう》達《たし》の店なのだった。

真理恵のうちなんか、近いのに一度も来たことがないそうで、「なんか安過ぎて逆に怖いってママが言うのよ」と言っていたが、安くて怖いとは、どういうことか。私なんかついぞ経験したことがない感情だ。安いのは、ただただありがたい。

社長は四角い顔に四角いメガネをかけたおじさんで、元はどこかの大学で、かたつむりだか貝だかエビだかの研究をしていたが、父親が亡くなったので家業を継《つ》いだということだ。だから社長は商売人というより、どこか学校の先生っぽい。商売も決して上手《うま》いようには見えないが、潰《つぶ》れないところを見るとそれなりの才覚はあるらしい。

しかしこの店に、大学の研究をなげうってまでも継ぐ価値があるのかは、子供の目からしても疑問に思う。

店の前に、塗装《とそう》がすっかり剝《は》げた木製のベンチが置いてある。プールの帰りに、私はここに座ってアイスを食べるのが日課になっていた。社長は私に気がつくと、お菓子についているおまけや、腹の凹《へこ》んだ缶《かん》ジュースを、「これ、売り物にならないから、もらってくれる？」と持ってきたり、「これ、今日来た商品なんだけど、味見してみないとこっちも売れないから、ひとつ開けてみよう」と、袋を開け、自分は一口食べると「ああ、なるほど、こういう味か。もうわかったからいいや。後食べてくれる？」と私にくれたりする。私に気を遣《つか》わせまいとしているのがわかるので、ありがたく頂いておく。

その日も区民プールの帰りに激安堂に寄り、アイスキャンディーを食べていると、店内から社長の声が聞こえた。

「昆布《こんぶ》はまだあるのか？　それじゃあこれは？　抹茶《まっちゃ》のクッキー、こういうの好きだったろう？　持ってきなさい。缶詰《かんづめ》は？　腐《くさ》るもんじゃないからこれも入れておくよ。ほかに必要なものは？　ほら、これもこれも」

社長と奥さんが、若い女の人が持っている紙袋の中に、目についた店の商品を手当たりしだい入れていた。

「じゃあ、また来る時電話して。和博《かずひろ》君によろしく」

社長夫婦《ふうふ》が女の人を見送る。

店先のベンチに座っていた私に気がつくと、ちょっとはにかんだような顔になり、

「いやあ、嫁《よめ》に行った一番上の娘《むすめ》が来てね」と頭を掻いた。社長には娘が三人いると聞いたことがある。

娘だったのか。ああ、それで。しかしなんという夢のような光景だったろう。店の子供だったら、店の商品をみんなもらえるのだ。りんご農家の子供がりんご食べ放題のように。

「私、社長ん家《ち》の子供になりたいな」

「えーっ、どうして？　まあそう言ってもらえるのは嬉《うれ》しいけど、ウチにはもう娘が三人もいるしなあ。それに花ちゃんにはあんないいお母さんがいるじゃない」

「うーん、っていうか、お店屋さんの子になりたいの」

「ああ、そういうことか。だったらさ、こんなチンケな店、って自分で言っちゃうけど、こんな小さな店じゃなくて、もっと大きなチェーン展開しているようなスーパーとか、どうせならデパートとかのほうがいいんじゃない？」

「でも今さら無理じゃん、そんなこと」

「いやいや、それが可能なんだな、女の人の場合は」

「えっ、どうして？」

「そういう人と結婚すればいいのさ。女の人は結婚相手しだいで人生一発逆転できるんだよ。まあ最近は逆玉《ぎゃくたま》とか言って、男の人でもいるらしいけど。つまりお店をやりたければ、そういう人と結婚すればいいんだよ」

「ええーっ、それはそれで難しそうだけど」

社長が、ハハハハハと笑った。

この会話が何かの暗示だったのか（以前木戸先生がこういう現象を、シンクロニシティというと教えてくれたのを思い出す）、数日後、大家のおばさんがうちに思ってもみない話を持ってきた。お母さんの縁談《えんだん》だった。おばさんは以前から、事あるごとにお母さんに再婚《さいこん》を勧めていたが、実際に話を持ってきたのはこれが初めてだった。知り合いの商工会議所の人の紹介で、相手は岸町《きしまち》でスーパーを経営している人だという。

中型のスーパーだが、売り上げはそこそこで、今度二号店を出す話もあるとか。私はその店を知らなかったが、お母さんは知っていたようだ。

「スーパーカザマ、ああ、行ったことあるなあ。前にその近くの現場で作業したことあるから」

「なかなか繁盛《はんじょう》してただろ？　そこの社長の風間《かざま》さん、人柄《ひとがら》も良くて、評判《ひょうばん》がいいんだよ。今五十六歳で五年前に奥さんを亡くして、子供はいないそうだよ」

「そんな人だったら、あたしなんかじゃなくて、もっといい話がいっぱいあるんじゃないの？」

「いやいやいや。向こうはあんまり若いのも困るって言ってるんだそうだよ。実際お金目当てで寄ってくるのもいるらしいけど、そんなのはお断りだって。地味で堅実《けんじつ》で働き者の人がいいんだって。それ聞いて、あたしゃまっさきにあんたの顔が浮かんだんだよ」

「でもあたしには子供もいるし」

「だからこそ、だよ。これから花実ちゃんだって何かとお金がかかるんだよ。今どきのことだからあんたも大学くらい出してやりたいだろ。願ってもない話だと、あたしゃ思うんだけどね。商売ってのも大変だと思うけどさ、今の仕事のキツさを思ったら、がんばれるだろ。向こうは、なかなか乗り気なんだよ。とにかく一度会ってみたら？」

「はあ」

お母さんは今ひとつ気乗りがしないような感じだったが、私は軽く興奮していた。

スーパー？　スーパーだって？　私、お店屋さんの子になれるの？

激安堂でのことが思い出された。店の品物を次々と袋に入れて娘に持たせる社長。あれが現実になるかもしれない？

「じゃあ考えておいておくれよ」

おばさんは、茶菓子の豆を口に放《ほう》ると立ち上がった。

次の日、プールには行かずに、大家のおばさんが言っていた岸町のスーパーカザマに行ってみることにした。駅前の交番で聞くと、とても丁寧《ていねい》に教えてくれた。自転車で十分くらい走ると、『スーパーカザマ』と書かれた赤い看板が見えた。激安堂の十倍は広さがありそうな店だった。ドキドキしながら入ってみると、床《ゆか》は木目調で、野菜や果物のディスプレイの仕方がヨーロッパのマルシェ風とでもいうのか、ちょっと洒落《しゃれ》た感じで、従業員の制服もモスグリーンで洗練されている。

日配品のコーナーには、決して激安堂にはない高級そうなソーセージやチーズが並んでいた。お母さんの大好物、餅の棚《たな》もチェックしてみたが、激安堂よりはるかに種類が豊富で、有機栽培《ゆうきさいばい》餅米で名人が作ったこだわりの杵《きね》つき餅、なんていうのもあった。店内でパンも焼いているらしく、いい香りが漂《ただよ》っている。そのパンが食べられるカフェコーナーもあった。パリの街角を思わせるような椅子《いす》とテーブルで、激安堂の塗装の剝げた木製ベンチとはエラい違いだった。

しばらく店内をぶらぶらしてみたが、風間さんと思われる人の姿はなかった。が、私はある種の満足感を得て店を後にしたのだった。

帰りに激安堂に寄る。スーパーカザマは、繁盛しているようだったので何も買わず、激安堂でお金を使ってやることにした。何やら心に余裕が出てきたような気がする。

ベンチでアイスキャンディーを食べていると、社長が顔を出した。

「おっ、今日は早いじゃない。プールは？」

「ちょっと用事があって行かなかったんだ。それよりさぁ、もしかしたら私、社長のライバルになるかもしれないよ？」

「えっ？　何？　何？　どういうこと？」

「フフッ、今はまだ言えないけどね」

「えーっ、なんだろ。気になるなあ」

「内緒内緒《ないしょ》」

「そう言われるとますます気になるなあ。あっ、わかったっ。あれだっ。指編みだね？」

「は？」

「いやあ、あれはいいよね。最初は指を動かすことが脳にいいって聞いて、それで始めたんだけど、これが意外におもしろくて。毛糸さえあればどこでもできるから、ちょっとした休憩《きゅうけい》時間でもやってんだよ。この前は娘にシュシュを作ってあげたよ。全然使ってくれないんだけどね」

「そ、そうなんだ」

「当たったでしょ？　いつから指編み始めたの？」

「や、違うよ。社長の趣味なんて、今知ったし」

「あ、そうなの。じゃあなんだろうなあ、ライバルって」

「ま、そのうちわかるよ」

それでも、うーんと言って首をひねっている社長を尻目《しりめ》に家に帰る。

おばさんの熱心な説得もあったらしく、とりあえずお母さんと風間さんは一度会ってみることになった。もちろん私も一緒だ。店は年中無休だが、比較的《ひかくてき》時間が取りやすい火曜日、場所は駅前の一番大きなビルの最上階に入っているレストランに決まった。そこは真理恵が小さい頃から誕生日に必ず食事をする店で、でももう真理恵は、「ずっとあそこばっかりだから飽《あ》きちゃった」などと言っているが、眺《なが》めが素晴らしく、池袋のサンシャインビルはもちろん、新宿新都心の都庁まで見渡せるとか、あそこは、こけもものソルベが一番のお勧めとか聞いていたので、私はそれだけで舞《ま》い上がっていた。

当日、お母さんはクラシカルな濃紺《のうこん》のスーツを着ていて、どうしたのかと聞いたら、大家のおばさんにもらったのだという。なんでもおばさんが若い頃、デパートであつらえたとかで、ものはいいらしい。昔は痩せていたのだそうだ。今の姿からは到底《とうてい》想像できない。歳月《さいげつ》とは恐ろしいものだ。

「ファッションは繰《く》り返《かえ》すって言うじゃないか。これだって一周回ってオシャレってもんだろ」

とお母さんは言ったが、おばさんが若い頃なら一周どころじゃ利《き》かないだろう。しかしそれは、なかなかに似合っていたのだった。モノクロ映画に出てくるような雰囲《ふんい》気《き》と言ったら褒《ほ》め過ぎか。久しぶりにお化粧をした顔も見たが、ここ数年で一番綺麗に見えた。

呼び鈴が鳴り、おばさんが現れた。かなり気合を入れてきたようで、いつも以上にきついパーマに、うどんこを塗《ぬ》りたくったような白い顔、いかにも「描《か》きました」という眉に、ベットリと塗った赤い口紅、黒地に赤い芙蓉《ふよう》の花が大きくプリントされたワンピースを着ていた。なんだかメスのカバが、神様に頼んで一日だけ人間にしてもらったらこうなりました、という仕上がりだった。

それでもお母さんは「いやー、見違えたわ。どこの女優さんかと思った」などと言い、おばさんは「はいはい、わてが松坂慶子《まつざかけいこ》だす」と返し、二人は体をのけぞらしてゲタゲタと笑った。おばさんは「あんたもすごく綺麗だよ。こりゃあ風間さんもその場でプロポーズだ」と言って、また笑った。

レストランに着き、おばさんが名前を言うと席に案内された。私とお母さんは、およそ「店を予約して行く」なんていう行為はしたことがなかったから、これだけでもちょっと身が引き締まる思いがした。お相手の風間さんは、もう席に着いていて、素《す》早《ばや》く椅子から立ち上がった。おばさんを見て明らかに一瞬《いっしゅん》、ギョッとしたようだが、すぐに穏やかな笑《え》みを浮かべて、私たちに「初めまして。風間宏《ひろし》です」と言って生真《きま》面目《じめ》そうに腰《こし》を折った。

背はそれほど高くないが、お腹も出ていないし、歯並びも綺麗で、何より笑顔がやさしそうだった。

「お待たせしちゃったかしらね？　こちら田中真千子《たなかまちこ》さん」

おばさんが紹介《しょうかい》する。

「こ、こんにちは」

痩せた肩を縮ませるようにして、お母さんが言った。

「こちらが娘の花実ちゃん」

「こんにちは」

慌《あわ》ててお辞儀《じぎ》をすると、風間さんはやさしく笑って「こんにちは」と返してくれた。

「そして、わてが松坂慶子だす」

おばさんが言い、大人たちは笑った。お母さんは二回目にもかかわらずまた笑っていたし、風間さんにもウケていた。私は今ひとつわからないのだけど、どうも昭和のギャグらしい。でもこれで空気が和《なご》やかになったから、おばさんが一緒に来た意味がわかった気がした。

テーブルに着くと、既にグラスとナイフやフォークがセットされていた。キラキラ輝《かがや》くグラス類に、ナイフとフォークも柔らかい光を放っている。多分銀製だろう。まぶしい、この時点で既にすべてがまぶしい。

「特に好き嫌いはないとうかがっていたので、コースを頼んでしまいましたが、よろしいですか？」

風間さんが聞く。

「え、ええ。それはもう、はい、もちろん」

お母さんが何度も小刻みにうなずく。

コースと聞いてドキッとした。そんなものはもちろん食べたことはない。どうしよう、マナーとかあるんだっけ。ナイフとかフォークとかどれを使うんだろう。真理恵に聞いてくればよかったな。

「あら、コースだなんて、緊張《きんちょう》しちゃうわね」

おばさんが私の気持ちを代弁するように言った。

「コースといってもランチですから、そんな気取ったものじゃありませんよ。気軽に楽しんでください」

テーブルにセットされていた（どういうたたまれ方をしているのか、それはきちんと三角に立っていた）厚みのあるナプキンを、おばさんが膝の上に敷いたので真似した。手触《てざわ》りのよいそれは、私が今日着ている白いブラウスより多分上等な布だろう。

髪の毛をきちんと撫《な》でつけた、とても姿勢のよいウェイターさんが恭《うやうや》しくグラスに水を注《つ》いでくれた。大人の男の人にこんな態度で接してもらったのは初めてだ。水までも特別なもののように輝いている。やがて周りが金で縁《ふち》どられた大きい白い皿が運ばれてくる。ちょこんと真ん中にリーフレタスと、かまぼこ状だが、明らかにかまぼこではない何かがのっている。

こ、これは、一体？　皿の大きさに比して、モノはやけに小さい。ドレッシングだかソースだかが、意味ありげにぽたぽたと丸く垂らしてある。お皿を一枚のキャンバスに見立てて、などとよくグルメ番組で耳にするが、まさにそれだ。私が皿をじっと凝視《ぎょうし》していることに気がついた風間さんが「お箸《はし》のほうが食べやすいかな？　お箸もらおうか」と言うので「あ、はい」と反射的にうなずいていた。

こんなところにお箸なんかあるのかなあと思ったが、風間さんがさりげなく手を上げてウェイターさんを呼んで伝えると、すぐに人数分の箸を持ってきてくれた。

「ありがとうございます」

「いや、おじさんもこのほうが食べやすくていいんだ」

と笑う。

「よかったね、お母さん」

お母さんのほうを見ると、お母さんの皿は、いつの間に食べたのか、まるで舐《な》めたように綺麗になっていた。カエルのように舌でも伸びて丸のみしたのだろうか。お母さんは大食いの上に早食いなのだ。大丈夫だろうか。もっと料理と会話を楽しまなきゃダメだよ、と伝えたかったが、ここで口にするわけにもいかない。先行きに不安を感じつつ、かまぼこに似て非なるものを口にすると、それは魚介の濃《こ》いエキスを凝縮させたネットリしたものだった。「美味しいです」と風間さんに言って、お母さんを見ると、曖昧《あいまい》な笑みを頬《ほお》に張りつけていた。

「風間さん、お仕事のほうはどうですか？」

おばさんが聞いた。

「この季節は生鮮《せいせん》食品の管理が大変ですよ。いつも以上に気を遣います」

「そうでしょう、そうでしょう。食べ物を扱《あつか》うってのは大変ですよね」

おばさんが何度もうなずくので、母子で同じようにうなずく。

「田中さんも外でのお仕事は大変でしょう」

「ええ、まあ、でももう慣れまー」

「そーなんですよっ」

お母さんが答えている途中で、覆《おお》い被《かぶ》せるようにして、おばさんが声を張った。

「そりゃあキッツイですよ。この細い体での肉体労働は。女の人が長く続けられる仕事じゃないだろうし、だからあたしは常々もっと楽な仕事をって言ってるんですけどね。私は花ちゃんのために稼《かせ》がなきゃならないからって、そりゃあがんばるんです。何しろ働き者ですよ。体を動かすことは厭《いと》いませんからね。まだ若いし、体力もある。なんせあんなキツイ仕事をやっているんだから根性が違う。がんばり屋なんです。頭だって悪くない。店のことだってすぐに覚えてよく働いて役に立つと思いますよ」

これでは再婚相手に推《お》すというより、奉公《ほうこう》先に丁稚《でっち》どんを売り込んでいるみたいだ。しかし褒められ慣れていないお母さんは、顔を赤らめて「いやいや、全然、そんな」などと恐縮《きょうしゅく》している。

「おひとりで娘さんをここまで育てられたなんて、素晴らしいですね」

風間さんが言うと、またおばさんが身を乗り出す。

「そーなんですよっ。それがまた花ちゃんがいい子でっ。今どき珍《めずら》しいくらい親思いのいい子でっ。お母さんを助けて、家のこともよくやるし」

「六年生、だったかな？」

「はい」

「来年は中学だね」

「そーなんですよっ」

私が返事をする前に、またもおばさんが声を張り上げた。

「そうだっ、花ちゃん、風間さんならきっと私立にやってくれるよ。ねえ風間さん」

そんなこと言ったら、風間さん引いちゃうよ。先走り気味のおばさん、大丈夫か？

「どこか行きたい私立の学校があるの？」

「いや、まさか、そんな。全然受験勉強してないし」

「大丈夫、大丈夫。花ちゃん、頭いいんだからさ」

おばさんが無責任な太鼓判《たいこばん》を押《お》す。お母さんは、笑みを浮かべているだけだ。

サラダやスープが運ばれてきた。

「あら、このスープ、冷めてんのね」

などとおばさんが言い、「これは冷めているんじゃなくて、冷やしてあるんですね。冷製スープですね」と風間さんが言うと、「あらま、じゃあ冷静になって頂こうかね」というさしておもしろくもないおばさんのダジャレにみんなで笑った。

しかしおばさんのおかげで、お母さんが普通に見えた。かつてないことだが品すら感じられた。やはりついてきてもらってよかったのだ。もしかしたらおばさんもそのつもりで来たのかもしれない。

それからは大人たちが仕事の話や世間一般《せけんいっぱん》的な会話をし、たまに私にも話が振《ふ》られた。好きな教科やクラブ活動についてとか。メインの肉料理が運ばれてくる頃には、すっかりうちとけた雰囲気になっていた。

メインは和牛のステーキだった。たまにお母さんが買ってくるただデカいだけの安い外国の牛肉は、ゴム草履《ぞうり》食ってんのかと思うほど硬くて嚙《か》み切れず、ようやく食いちぎれたと思ったら今度は、なかなか飲み込めない。いつまでも嚙んでいると味がしなくなって、最後は何が口の中に入ってるのかわからなくなるようなのと違って、とても柔らかく、しみじみと肉の味がした。

お母さんはこの日、大食いでも早食い（前菜以外は）でもなく、ごく普通に食べていてホッとした。

デザートが来た。こけもものソルベかと思ったが、フロマージュだという。食べてみたらチーズケーキのようなものだった。

「美味しい？」

風間さんに聞かれ「はい」と答えると「じゃあおじさんのもあげるよ」とデザート皿を差し出す。「ありがとうございます」と言いながら、急に近しくなった気がした。

「おふたりは、本当に、その、親戚とか、身寄りがないんですか」

風間さんがお母さんに聞いた。

「ええ、そうなんです。私は小さい時に両親を亡くしたので、それっきり。今は親戚づきあいも全くないんです」

「そうですか。それはそれは」

そう言った風間さんの目が一瞬仄暗《ほのぐら》くゆらめいた気がした。

「そーなんですよっ。だからこの人はもう苦労のしっぱなしで。ひとりで花ちゃん育てて。キツイ仕事して。だからそろそろ幸せになってもいいんじゃないかって思ってんですよ」

おばさんが言った時にコーヒーが運ばれてきた。

それを飲み終わると、会食もお開きになった。最後におばさんが「これでシメに田舎うどんでも出てくりゃもっといいのに」と底なしの胃袋っぷりを披露《ひろう》し、風間さんを苦笑いさせたが、概《おおむ》ねいい感じだった。

外に出ると、午後三時を回っていたが、まだまだ日差しは強く、もわっとした熱気に息苦しくなった。

「残暑が厳しいですね」

風間さんが言うと、「ええ、本当に」とお母さんが、バッグの中から水色の日傘《ひがさ》を取り出す。私はお母さんが日傘をさすのを初めて見た。レースの日傘なんて家のどこにあったのか。日焼けし過ぎて、煎《い》った豆みたいなお母さんが今さら日傘をさしてもどうなんだ、と思ったが、その姿はなかなか風情《ふぜい》のあるものだった。

「夜目遠目笠《よめとおめかさ》の内《うち》」

おばさんがボソッと言って、ニヤニヤしていた。

「じゃあ、あたしはここで失礼しますね。あとは三人で親水《しんすい》公園あたりを散歩でもしたらいいんじゃないかしら。ちょっと暑いですけどね」

花柄のガーゼハンカチで顔から噴《ふ》き出る大粒《おおつぶ》の汗をぬぐいながらおばさんが言った。汗で化粧がどろどろになり、大崩れしていたが、気にするでもなく豪快《ごうかい》に顔をゴシゴシ拭《ふ》いていた。

親水公園は、園内に滝《たき》や小川がある。小さい頃、お母さんとよく水遊びに来た。ほかの子は、どんなに幼くても、ちゃんと水着を着けていたけれど、私は普段はいている肌着のパンツ一丁だった。まだ小さかったこともあって、全然恥《は》ずかしいとは思わなかったが、ある時、年配の女性に「奥さん、お子さんは女の子だから気をつけたほうがいいですよ。最近は変なのがいますからね。ここらへんでも盗撮《とうさつ》の被害《ひがい》が出てるんですよ」と言われた。

お母さんは「えっ、こんなちっちゃい子にですか？　まさかあ」と笑って取り合わなかったが、その女性は「いえいえ、今はおかしなのがいますからね、用心したほうがいいですよ」と眉根を寄せた。

その後もお母さんは相変わらずパンツ一丁の私を遊ばせていたが、ある時、木の陰《かげ》からジッと見つめている若い男がいた。子供の付《つ》き添《そ》いで来ている父親というのではない。明らかにひとりで、水遊びをする子供たちをじっと見ている。小太りでメガネをかけ、べっとりした髪の毛を額に貼り付け、肩から大きな布バッグをかけていた。ほかはみんな親子連れなので目立っていた。

「今日はもう帰ろう」

お母さんが少しこわばった顔で言った。

次の日、お母さんは私に男児用の水着をはかせて公園に行った。紺色のそれは、「けんと」と名前シートが縫《ぬ》い付けられていた。

「戦時中は、悪い人から守るために、わざと女の子に男の子の格好をさせたそうなんだ。昭和に学ぶというか、先人の知恵《ちえ》、教えだわな」

その頃の私は髪も短かったし（手入れしやすいというだけの理由でお母さんに短く刈《か》られていた）、確かに男の子に見えたろう。何しろ小さかったので、別段嫌がりもせず、疑問にも思わなかった。それよりも水遊びしたい気持ちが優先した。

女児は盗撮される恐れがある（特にパンイチの私は）、じゃあ場所を変えようとか、きちんとした水着を着せようというのではなく、お母さんは男児用の水泳パンツを私にはかせて、男の子と思わせることで一件落着という結論に至ったらしい。先人の教え、などとお母さんは言ったが、先人も「ちょっと違うんだけどなあ」と困惑《こんわく》することだろう。根本的な解決になっていない。露出度《ろしゅつど》はほとんど変わっていないのだから。それに男の子だから大丈夫ということはない。世の中にはいろんな趣味嗜好の人間がいる。というのも今だからわかることなのだが。

それから「けんと」という名前。おばさんがたまに「けんちゃんが、どうのこうの」と言っているのを聞いたことがある。あれはおばさんの息子のお下がりだったのだ。その時はわからなかったが、後になって突如《とつじょ》わかる、腑《ふ》に落ちることがあるものだ。私はあの夏、ここでは「けんと」として過ごしたのだった。

おばさんの息子の水泳パンツをはかせられたと思うと、今さらながらぞわりと悪寒《おかん》が走り、おかげで体感温度が少し下がった気がした。もちろん洗濯《せんたく》はされていたと思うが、それでも無精ひげを生やしたむさくるしい息子の顔が浮かび、何やら股間《こかん》が、むず痒《がゆ》くなった気がした。全くつまらんことを思い出してしまった。しかしあのふたりのやりそうなことではある。

それを振《ふ》り払《はら》うように、大きな声で聞く。

「水、入ってもいい？」

「いいけど、足だけね」

お母さんが言い、風間さんと微笑みあった。

サンダルを脱《ぬ》いで素足を人工の池につけると心地《ここち》よかった。すぐ近くで小さい女の子をお父さんが遊ばせている。女の子は黒地に水玉模様のかわいい水着を着ている。短パンのお父さんは、女の子に水をかけられていた。それをつばの広い帽子《ぼうし》を被った母親らしき人が、池のほとりで見ていた。お父さんが女の子を抱《だ》き上げる。血管の浮いた腕《うで》。女の子がキャッキャと笑いながらお父さんにしがみつく。二の腕の筋肉が盛り上がる。私にもしお父さんがいたら、男児用の水泳パンツをはかされることはなかっただろう。水面《みなも》のきらめきに一瞬目がくらむ。

振り返ると、お母さんと風間さんはベンチに座っていた。手を振ると、ふたりとも振り返してくれた。

なんだか普通の家族みたいだと思った。今までずっと欠けていたもの、捜《さが》していたパズルのピースがようやくはめ込まれたような気がした。

周りはほとんど家族連れだ。お父さんがいて、お母さんがいて。これまで特にお父さんが欲しいと思ったことはないと思っていたが、違ったんだろうか。誇《ほこ》らしく胸を張りたいような、ようやくみんなと同じになれたような安堵感《あんどかん》が胸を満たす。クラスの誰かが見てくれたらいいのに、と思った。

しばらく公園で過ごした後、駅に続く並木道を三人で並んで歩いた。多分、今写真を撮《と》ったら、とてもいい表情をしているだろうと思った。

家に着くと、待ちかねたように早速《さっそく》おばさんがやってきた。

「どうだったかい？　どうだったかい？」

「なんかすごくいい人で。話してても楽しかったです」

「だろ？　だろ？　見ててもいい雰囲気だったもの。こりゃうまくいくんじゃないかね、まだ向こうから連絡ないけど」

お母さんは「はあ」と言って、照《て》れくさそうに笑った。今日はなんだかお母さんがごく普通の女の人に見える。それは家に帰ってからも続いていて、私は本当にお母さんと風間さんが結婚してくれたらいいなと思った。

布団に入り、今日のことを思い出してみる。おばさんの言葉が蘇《よみがえ》る。

「きっと私立にやってくれるよ」

今まで自分には全く関係ないことだと思っていたけど、もしかしたらという思いが湧いてくる。もしかしたら、真理恵や美希と同じ学校に行けるかも。いや、今から中学受験は現実的に難しいだろうけど、高校なら。そうだ、高校から一緒になるっていう手もある。そしたらふたりは驚《おどろ》くかな。

そうだ、休みの日なんかは、風間さんのお店のお手伝いをしよう。先日こっそり見に行ったスーパーカザマの店内が頭の中に広がる。激安堂で、社長が娘に店内の商品をあれもこれもと袋に入れていた光景とリンクする。スーパーカザマの店内にいるお母さんと私。商品棚のものに手当たりしだい手を伸ばす。チョコやスナック菓子の袋を開ける私。口の周りをクリームだらけにして菓子パンを頬張るお母さん。ペットボトルをがぶ飲みする私。スイカにかぶりつくお母さん。私も負けじと惣菜《そうざい》のフライドチキンを頬張る。アハハハ、と笑い合う。

「餅あるかな？　餅」

お母さんが聞く。

「あるよ。すごく美味しそうなのが」

お母さんをお餅のコーナーに案内する。丸餅、切り餅、スライス餅、いろいろあるが、私は迷わず「名人が作ったこだわりの杵つき餅」を手に取った。お母さんに渡《わた》すと、お母さんはいきなりそれにかぶりついた。焼いてもいないのに、その餅はまるで漫画《まんが》みたいに、にゅるーんと伸びた。

「ああ、うまいっ。やっぱりいい餅は違うな。キメの細やかさが違う。伸びもいい。さすがは名人が作った餅だ。いつも食ってんのは、やっすいやつだから、色もくすんで、伸びも悪くてザラザラしてるもんな」

よかったなと思った。これでお母さんも、夜中にうなされて目が覚めることもなくなり、拾い食いもしなくなるだろう。

今度真理恵と美希も連れてこよう。好きなものなんでも食べていいよ、なんてどこかの王様みたいに言ったら、ふたりとも驚くだろうな。

いつの間にか、隣に真理恵と美希がいた。臙脂《えんじ》のリボンにチェックのスカートの制服姿だった。見ると私も同じものを着ている。

真理恵は赤紫のシャーベットのようなものを手にしていた。カップに入ったそれをスプーンですくいながら、「こけもものソルベ、やっぱり美味しい」と言った。ああそうだ、こけもものソルベ、ここにもあったんだな、と思った。

奇妙な夢を見たけれど、どことなく弾《はず》む気持ちは起きてからも続いていた。しかしそれはその日の午後、あっけなく打ち砕《くだ》かれた。

いつものようにプールから帰り、横になってテレビを見ていると、手足がだるくなってきて、眠《ねむ》ってしまったようだ。それでもなんとなく、気配でお母さんが帰ってきてテレビを消し、タオルケットをかけてくれたのがわかった。うとうとしていると、お母さんが台所仕事をする音が聞こえてくる。そこへ、「ちょいと、ごめんなさいよ」とおばさんの声がした。

「昨日はありがとうございました。いろいろお世話になっちゃって」

「ああ、ああ、そのことなんだけど」

おばさんが、いつになく沈《しず》んだ声のトーンで言った。ドキンとした。よくない予感で全身の血が波打ち出す。体を硬くして眠ったふりを続ける。

「午後に、風間さんから電話がかかってきてね、まあ、その、今回の話は、その、なんていうか、まあ、ご縁がなかったというか」

「ああ、要するに断られたってことね。そっか、そっか。まあ、しゃーないな」

お母さんは別段どうということもないような調子で答えた。

「ごめんね、ごめんねぇ」

「おばさんが謝《あやま》ることじゃないっすよ」

「でもさ、でもさ、あたしゃいけると思ったんだけどねえ。最初話を持っていった時も向こうはずいぶん乗り気で、実際会ってみても、会話も弾んだし、傍から見てもいい雰囲気だったんだけどねえ。一体どうしたことなんだか」

「風間さんもいろいろ考えるところがあったんでしょ。こればっかりは仕方がないよ。向こうが、いやって言うんなら」

「いやいや、あんた自身がどうのってことじゃないらしいんだよね。だって昨日の時点ではすごくいい人を紹介してくれたって喜んでいたんだから。やっぱ、あれかねえ」

おばさんが声を潜《ひそ》めた。

「子供。花ちゃんだよ」

「えっ、花？」

「うーん、やっぱり子供のことがねえ、あったんじゃないかと思うんだよねえ」

「そんな。花がいることは最初からわかってたことなんじゃ？」

「そりゃあ会う前は、子供がいることは全くかまわないなんて言っていたけど、確かにそれは嘘《うそ》じゃなかったろうけど、いざ実際目の前にしてみると、怖気《おじけ》づいたというか、覚悟《かくご》ができていなかったというか。いきなり十二歳の女の子の父親に、って現実が重くのしかかってきたのかもしれないね」

心臓の血管が破裂《はれつ》しそうなくらいにドクンとした。

「そんなふうに思うのなら、こっちからお断りですよ。まあ、いいっすよ、もう。最初っからそんな期待してなかったし」

「でもさあ」

おばさんはまだ何か言いたそうだったが、「本当に悪かったね。ごめんね」と何遍《なんべん》も謝って帰っていった。

　自然と体に力が入っていた。お母さんはお見合いを断られた。どうやらそれは私が原因であるらしい。どうしよう。どうしよう。どうしよう。

　バチが当たったかな、と思った。浮かれていい気になって、欲深い夢を見た。調子に乗ってプカプカと浮かび上がろうとしたら、いきなり神様にスッコーンと、厚底のスリッパでたたかれて、また海中深く沈められた感じ。

「神様ってのは案外意地悪ですよ。このことは頭の隅《すみ》にとどめておいたほうがいい。人の小さな願いも、ささやかな祈りも、時に神様は、容赦《ようしゃ》なくたたき潰します。いい結果と悪い結果がある時、悪いほうへ転ぶことのほうが断然多い。心臓がえぐられるような苦痛を与《あた》えて、それを神様は、ほくそ笑んで見ているんです」

　理科の授業だったのに、なんの脈絡《みゃくらく》もなく、唐突《とうとつ》に木戸先生がそんなことを言い出したことがあった。一体木戸先生に何があったのかわからないが、この発言はクラスのみんなを大いに戸惑《とまど》わせた。もっとも先生は時々こういうことをするのだ。先生の変人ぶりは浸透《しんとう》していたから、またか、という雰囲気でもあったのだが。

　こういうことなんだね、先生。さすがに先生だけあって、真理をついたことを言う。でもその後どうしたらいいかまでは教えてくれなかった。

とりあえず今私がすべきなのは、寝たふりをもう少し続けて、さっきの話は全く聞いていなかったという体《てい》にすることだ。

しばらくしてわざとらしく目をこすりながら、いかにもたった今起きましたという感じで、伸びなんかして起き上がると、夕飯の支度《したく》をしていたお母さんが振り返り「もうすぐご飯だよ」といつもと全く変わらない様子で言った。

夕飯は、近所のお肉屋さんのコロッケともやしの味噌汁《みそしる》だった。そのコロッケは我《わ》が家《や》の定番メニューで、潰したジャガイモの中にほんの少しひき肉が混ぜ込んである。お母さんは「野菜とお肉がいっぺんに取れていい」などと言うが、そこではこのコロッケが一番安いのだ。メンチは倍する。

昨日、お見合いの時の食事代は風間さんが払ってくれたようだが、あのコースひとり分で、このコロッケがいくつ買えるだろうかなどと、詮無《せんな》いことを考えてみる。

お母さんがもやしの味噌汁をすすりながら、「もやしって、えらいよなあ」と言う。

「なんで?」

「だってこれひと袋十九円だよ。こんなにいっぱい入ってて、ビタミンCや食物繊維《しょくもつせんい》もあって、それで十九円って。今どき十九円で買えるものなんてそうないよ。十九円やるから、作ってみろって言われてもできないよ。袋代だってあるだろうに。ホント、えらいよ、もやしって」と感慨《かんがい》深げに言うが、それを言うなら、もやしを栽培《さいばい》している人がえらいのだろうと思ったが、うなずいておいた。

お母さんはいつも通り、このおかずでどんぶり飯を二杯平らげ（最後はご飯に味噌汁をぶっかけた）、お笑い番組を見て大笑いしていた。

ごめんね、お母さん。

もし風間さんと結婚できたら、コロッケともやしばっかり食べているような生活しなくてよかったのに。もし私がいなければ。お母さんひとりだったなら。

私、どうしたらいい？　どうしたらいい？

次の日、プールには行かず、自転車を走らせ、風間さんのお店に行ってみた。私が行ってみたところでどうにかなるものではないとわかっていたけれど、行かずにはいられなかった。お店に風間さんがいるとも限らないし、会えない確率のほうが高いような気がしたけど（実際前に来た時は会えなかった）ほかに方法が思いつかなかった。

店内に入ると冷気が汗ばんだ体を一気に冷やす。見渡してもやはり風間さんの姿はない。

しばらく店内をぶらぶらして雑誌を立ち読みしたりしていたが、風間さんは現れない。あきらめて帰ろうとした時、「花実ちゃん？」と声がした。振り向くと、風間さんが立っていた。

「あ、すいません」

思わず謝っていた。

「どうしたの？　わざわざ来てくれたの？」

「あ、いや、その、あの、ちょっと」

言いよどむ私を見て、

「ちょっと奥行こうか？」

と、『関係者以外の方はご遠慮《えんりょ》ください』と書かれた鉄の扉《とびら》に手をかけた。両端に段ボール箱がいっぱい積んである通路を抜けると、奥に事務所みたいな部屋があった。事務机とソファーセットがあって、そこを勧められた。

「外は暑かったでしょ。オレンジジュースでいい？」

「あ、はい」小声で答えると、部屋の隅にある小型の冷蔵庫からパックのジュースを出してくれた。のどがからからだったので、ぐっと飲むと少し落ち着いた。冷えていて美味しかった。風間さんも向かいに座る。

「自転車で来たの？」

「あ、はい」

「一番暑い時間だから大変だったでしょ」

「はい」

言わなきゃ、言わなきゃ。一気に言わなきゃ。

「あの、私、いなくなりますから。どっか行きますから。それでもダメですか？　お母さんのこと」

風間さんは、ぽかんとした顔で私を見た。明らかに私の言ったことの意味が理解できない顔をしている。

「え？　あ？　お母さんのこと？　ああ、お話をお断りしたこと？」

「はい、そうです。だからもし私のことが原因なら、私どこか行きますから。今すぐには無理かもしれないけど、絶対、必ずそうしますから、それでもダメですか？」

一気に吐《は》き出した。まっすぐ風間さんを見ると、風間さんの目も大きく見開かれてこっちを見ている。

「いやあ、まいったなあ。そんなふうに思わせちゃったかあ。本当に申し訳ないな。でも全然違うよ。花実ちゃんがどうのこうのってことじゃないんだ」

「じゃ、じゃあお母さんですか？　もしお母さんに悪いところがあって、まあ結構あるかもしれないですけど、それなら言って直すようにしますから」

「いや、それも違うよ。本当に花実ちゃんたちにはなんの落ち度もないんだ。僕自身《ぼく》の問題で。花実ちゃんにはまだ理解するのが難しいと思うけど、いろいろもっと複雑なんだ。とにかくもう一度、これだけははっきり言っておくけど、花実ちゃんのせいでもお母さんのせいでもないいんだ。花実ちゃんのお母さんは、誠実で勤勉で、一生《いっしょう》懸命《けんめい》毎日を生きている。僕なんかにはもったいないくらいの人だよ」

だったらなんで、という言葉を飲み込んだ。「自分にはもったいないくらいの人で」というのが縁談を断る常套句《じょうとうく》だということぐらいは、私でも知っている。もしその理由が私だったとしても、本人を目の前に本当のことは言えないだろう。唇を噛み締めうつむいた。

「いい人だから、やめたんだよ。本当に」

風間さんの携帯《けいたい》が鳴り、「ちょっとごめんね」と出ていった。紙パックの残りのジュースを飲み干すと、ぬるくなっていて、苦味が口に残った。

「ごめんね花実ちゃん。おじさん、これからちょっと行くところができちゃったんだ。送ってあげたいけど、自転車なんだよね。大丈夫？　一人で帰れるかな？」

風間さんがドアを開ける。

「え、あ、もうそれは大丈夫です」

「あ、そうだ。ちょっと待ってて」

　風間さんは、倉庫のほうに行ってしまった。少しすると、店名の入ったレジ袋を提げて戻《もど》ってきた。

「これ、よかったらお母さんと食べて」

　ずしりと重みのあるそれは、ネットに包まれた大玉の桃《もも》四個だった。西洋人の子供のほっぺみたいな、うっすらと桃色のそれはいかにもみずみずしくて美味しそうだった。礼を言って受け取ると、風間さんは駐輪場《ちゅうりんじょう》までついてきてくれた。

「ありがとうございました」

「気をつけてね。さようなら」

　さようならという言葉が、これだけ真実味を持って響《ひび》いたのは初めてかもしれない。

　家が近づくにつれ、自転車の前かごに入れた桃が重くなってきたように感じた。どうしようか、これ。風間さんは「お母さんと食べて」と言ったが、そんなことをしたら風間さんのところに行ったことがバレてしまう。誰にもらったと言えばいいか。私にこんな高級なものをくれる人はいない。果物なので、机の中にこっそり隠しておくわけにもいかない。冷蔵庫の中に入れておいたりしたら、すぐに見つかり、出処《でどころ》を追《つい》及《きゅう》されるだろう。万引きでもしたかと思われたら厄介《やっかい》だ。

くれるにしても、風間さん、もう少し考えてくれればいいのに。お菓子なら、日もちして隠しやすいのに。などと、高価なものをもらっておきながら、ちょっと恨《うら》みたくなる。

それにしても、と思い返す。私のせいじゃない、と風間さんは言った。もしそれが本当だとしても、今後お母さんに、また同じような話があれば、私の存在はやっぱりネックになってくるだろう。私がお母さんの幸せを邪魔《じゃま》しているとしたら大変な問題だ。一体どうしたらいいんだろう。今の私にできることって。

なんとなく解決法が浮かんだ。でもそれには具体的にどうしたらいいか。私だけの知識では限界があった。

こんな時に相談できるのは。すぐに浮かんだのは、木戸先生だった。多少の変人ではあっても、知識人といえば、私の周りでは木戸先生ぐらいしかいない。しかし夏休み中は先生に会えない。

アパートに着き、自転車のスタンドを上げながら見上げると、二階の物干《ものほ》し竿《ざお》に、けんとのよれよれのTシャツと色あせたチェックのトランクスが、風にはためいていて、げんなりして目をそらす。しかしはっとひらめくものがあった。腐っても、元神童、元秀才である。桃の問題も一緒に解決するはずだ。桃の袋を提げて階段を上がる。

けんとの部屋は、風通しをよくするためか、ドアの前に傘立てを置き、全開されていた。どうせ盗《と》られるものもないのだろう。見ると、けんとは扇風機《せんぷうき》をつけっぱなしで、奥の六畳間《ろくじょうま》で寝ているらしい。部屋の入り口から何から、雑誌やら段ボール箱やらスーパーの袋やらが散乱して足の踏《ふ》み場所もない。

「こんにちは」

大きな声で言ってみたが、ぴくりともしない。もう一度、もっと大きな声を出してみたが起きる気配は全くない。

仕方がないので靴を脱ぎ、上がると、そこらじゅうに散らかっているものを足でよけながら奥に進む。けんとは、短パンとランニング姿で、周りをゴミに取り囲まれ仰《あお》向《む》けになって寝ていた。痩せて薄《うす》っぺらい体に、日に当たらないせいか、妙に生白い足に渦巻《うずま》くすね毛。無精ひげだらけの顔。ぽかんと口を開け、油膜《ゆまく》を張ったようにべ夕ついている肌。いつも以上にむさくるしい。

これまでにもおばさんに頼まれて、この部屋を何回か訪ねたことがあるが、季節を問わず、かなりの確率でけんとは寝ていた。もしくは寝起きとか。大人なのに、よくこんなに眠れるものだと思う。腐ってもナントカ、というより、すっかり腐敗《ふはい》しきって死臭《ししゅう》を放《はな》っているのではないか。実際さっきからなんだか臭《にお》う。何かはわからないが、いろんなものが混ざった、ついぞ嗅《か》いだことのない臭い。

まあいいや、とりあえず聞くだけでも聞いてみよう。こいつなら何を聞いても言いふらさないだろうし、というかしゃべる相手もいないだろうし。

「あのー、すいません」

枕元《まくらもと》に座って声をかけてみたが、反応はない。仕方ないので、気が進まなかったが肩に手をかけちょっと揺《ゆ》すりながら「すいませーん」と言ってみた。するとけんとの目がパチリと開いた。充血《じゅうけつ》し濁《にご》った目と目が合う。

「うわっ」

けんとが大声で叫《さけ》んで、バネじかけみたいな勢いで飛び起きた。

「わ、わ、わーっ。びっくりした。なんだ、君か。あー、びっくりした」

普段では考えられないような素早い身のこなしと大きな声に、こっちだって驚いた。

「ごめんなさい。開いてたから勝手に入っちゃった」

「いや、全然それはいいんだけどさ。はあ、びっくりした」

考えてみたら、けんとが寝ている時は、おばさんに頼まれた食料やシーツを玄関先《げんかんさき》に置いてくるだけで（けんとは一年中ドアに鍵《かぎ》をかけないのだ。鍵をかけると必ず鍵をなくすからだという。本当にこいつ、秀才だったのか？）、勝手に部屋に上がり込んだのは初めてだった。

「何？　どうしたの？　なんか用？　があるから来たんだろうね、もちろん」

「あ、ちょっと聞きたいことがあって。教えてほしいことっていうか」

「夏休みの宿題？　そりゃわかんないところや、問題の解き方、やり方は教えるけどさ、基本自分でやんなきゃダメだよ、宿題は。自分の力にならないからね」

けんとの口からまっとうなことを聞いたのは初めての気がする。やっぱり勉強に関しては真面目なのかもしれない。

「ううん、違う。宿題じゃない。別のこと。あ、その前にさ」

レジ袋から桃を取り出す。

「おわっ、うまそ。何？　くれんの？」

「うん、ちょっと、もらったものなんだけど」

「すげぇ、白桃《はくとう》じゃん。岡山《おかやま》のかな」

けんとが早速手を伸ばす。

「あ、冷えてないんだけど」

「かまわん、かまわん。甘さっていうのは、冷えてたらあんまり感じないものなんだよ。冷蔵庫に入れといた場合でも、常温に戻してから食べたほうがうまいんだよ」

「そうなんだ。じゃあ切るよ。包丁とかまな板とかあるの？」

「んなもの、この部屋にあるわけない。このままでいいよ」

また手を伸ばすけんとを制して、せめて水道で洗うだけはした。台所のシンクに、汚れた食器が重なっていたので、その中の平皿を洗って桃をのせ、畳《たたみ》の上にあぐらをかいているけんとの前に置く。早速桃にかぶりつくけんと。その獣《けもの》のような食いつきっぷりは、ガルルルルッというめき声が聞こえてきそうなほどだった。果汁が腕を伝って、畳やけんとの太ももを濡《ぬ》らす。

「汁《しる》、垂れてるよ」

「平気、平気」

「でも桃の汁ってシミになっちゃうんだよ。何か、布巾《ふきん》とかタオルとかないの？」

するとけんとはそのへんをごそごそして、しわくちゃのランニングシャツらしきものを引っ張り出した。それで腕や口の周りを拭くと、あぐらをかいた足の上にかけた。

「その服、いいの？」

「大丈夫、大丈夫。どうせきったねぇヤツだから。それよりこれ、すっげえうまいよ。食ってみなよ」

私が持ってきた桃なのにそんなことを言う。一つ手に取ると、けんとがまたそこらへんから丸まったトランクスのようなもの（確かめる気にもならない）を発掘《はっくつ》して「ほいっ」と放ってよこすので、「いらないよっ」と速攻《そっこう》で投げ返し、ポケットから自分のハンカチを取り出した。

「うんめぇ。果物のことを水菓子《みずがし》とはよく言ったもんだな。みずみずしいことこの上なし。寝ている間にカラカラになってたからな。ちょうど水分欲《ほっ》してたんだよ、体が」

けんとは全く遠慮せず、結局桃を三個平らげた。桃は大玉だったので、私は一個でもお腹いっぱいだったが、けんとは三個食べても平気な顔をしていた。「長生きしたくない」と言う割に食欲旺盛《おうせい》なのだ。

「ああうまかった。ごちそうさん。で、聞きたいことって何？　桃、食った後では断れないよな。君、なかなかの策士だね」

腹をさすりながらニヤつく。伸びた無精ひげに桃の果汁がベタつき、汚《きたな》らしさが二割増しになっていた。

「ああ、あのさ、施設《しせつ》ってさ、どうやったら入れるの？」

「は？」

「だから、施設」

「施設？　介護《かいご》とかの？」

「違う違う。あの、子供が入るやつ。児童養護施設っていうのかな」

「え、あ、そっちの施設？」

「そう。昔は孤児院《こじいん》っていったのかな。『あしながおじさん』で、主人公が入っていたところ」

「それは知らんけど。え？　あ？　何？　そこに入るって誰が？」

「私が」

「え？　え？　え？　なんで？　君が？　なっ、なんで、どっ、どうしてっ？」

けんとは明らかに動揺《どうよう》し、居住まいを正すと、盛《さか》んに心臓のあたりを手のひらでこすった。

「なんででも。ああいうところって、本人が望めば入れるのかなって」

「だっ、だって君にはちゃんとお母さんがいるじゃないか」

「いるけど。いるから、入りたいの」

「は？　何言ってるか全然わかんないんだけど」

「とにかく入りたいの。でもどこに連絡するのかとか、どういう手続きすればいいかとかわかんないから」

けんとが瞬《まばた》きもしないで見つめている。

「もしかして、虐待、とか、されてるの？」

押し殺した声で聞く。

「それだったらまず児童相談所に」

「いやいやいや、全然違うっ。それはない。それだけは絶対にない。全然そういうことじゃない。むしろその逆。お母さんのために私が自分の意思で入りたいの」

「ますますわかんないよ」

「施設でなくてもいいの。姿を消すっていうか。いなくなりたいの」

「は？」

けんとは、ますますぽかんとした顔になった。

「行方《ゆくえ》不明になる人、年間八万人もいるって、学校の先生が言ってた。そういう人ってどこでどうやって生活しているのかな？」

「そりゃいろいろだろうけどさ、なんとかどこかで生きてるんだろうけどさ、いや、問題なのはそこじゃなくて」

「八万人って、ちょっとした地方都市ぐらいなんだってね。そんな数の人が、一体この日本のどこにいるのかな？　もしかしたらそういう人たちだけの国みたいなのがどこかにあって、みんなそこで暮らしてんじゃないかな？　そういう話聞いたことない？」

「ないよっ。そんなのがあったら、俺がとっくに行っとるわいっ。ってか、もうちょっとわかるように話してよ。俺、頭ん中カオスだよ」

仕方がないので話すことにした。お見合いのこと。風間さんのこと。いい雰囲気だったのに、結局断られたこと。どうやらその原因は私にあるらしいこと。風間さん本人に確かめに行ったら、そこははっきりと否定されたこと。でも私は疑わしいと思っていること。

もしそれが真実だとしても、次回また同じような話があった時、私の存在がネックになる可能性は高い。私がいたら、お母さんが幸せになれない、苦労続きの生活から抜け出せないとしたら、お母さんに悪い。だったら私はいないほうがいい。せめて中学を卒業していれば、どこか住み込みで働きに出るのだけど、まだ小学生だからそういうわけにもいかないので施設に入りたい。もしくはいなくなりたい。

ひと通り話すと、けんとは、

「わかった。話の筋はよくわかった。君の考えも。でも落ち着いて、話を整理してみよう。まず風間さんって人が言ってることは、嘘じゃないと思う。百歩譲《ゆず》って君のことが原因のひとつになっていたとしても、きっとほかにもあるんだと思う。大人にはいろいろ複雑な事情があるんだよ。それから今後もしお母さんに同じような話が持ち込まれた時のことを心配しているけど、君のお母さんだったら、『子供は困る』なんて言うやつは、最初から相手にしないと思うよ。だから自分がいなくなればお母さんが幸せになるとか、自分がお母さんの幸せを邪魔しているなんて考えちゃダメだ」

と強い口調で言う。

「でも」

「子供を不幸にして自分だけ幸せになりたい親なんていないよ」

うつむいていると、

「君のお母さんが、あんなキツイ仕事をしているのは君のためだよ。君がいるからあんなにがんばれるんだよ。お母さんの幸せのために自分がいなくなるなんて間違っている。君がいなくなったら、お母さんは幸せどころか世界一不幸になっちゃうよ」

目が潤《うる》む。涙があふれる。

「よかったら」

と、けんとがまたさっき投げたトランクスらしきものを差し出すので、

「だからもーっ、これはいらないって」

今度はもっと遠くに放り投げて、二人で笑った。

夏休みも残りわずかとなった。今年はこれが最後かな、と思いながら行った区民プールの帰り、激安堂に寄りベンチでアイスを食べていると、社長が出てきた。

「いらっしゃい」

「こんにちは。あーそうだ、社長、私が前、社長のライバルになるかもって言った話、あれナシになったから」

「えっ？　ああ、そんなこと言ってたね。えっ？　もうやめちゃったの？　指編み」

「だからー、それじゃないって。ま、いいや」

空を見上げると、空の色も雲の形も、もう秋のものだった。

「あ、当たった」

当たり棒だった。

「おっ、やったね。ラッキー」

と社長が覗き込んだが、私の幸運って所詮《しょせん》この程度か。線香花火より儚《はかな》い。でもないよりはましか。

やがて学校が始まり、久しぶりに木戸先生を見たら、相変わらずでホッとした。ずっと夏期講習だった真理恵と美希は、なまっ白《ちろ》い顔で「夏休みなんて全然楽しくなかった。これからもっと親も塾もピリピリしてくるから憂鬱《ゆううつ》」と言い、いい色に日焼けした私はちょっと申し訳ないような気持ちになる。

秋は学校行事も多く、最終学年ということもあり、こんな私でもやることがそれなりにあって、夏休みの出来事なんか記憶の遥《はる》か遠くに押しやられ、あっという間に十一月も終わり十二月に入って最初の土曜日、小春日和《こはるびより》で気持ちがよかったので、ふと思いつき、自転車に乗ってスーパーカザマに行ってみた。別に今さら用事もないのだけど。

え、何？　今日休み？

人の気配が全くない。

駐車・駐輪場には縄《なわ》が張られ、店はシャッターが下ろされている。そこに一枚の紙が貼られていた。

『スーパーカザマ閉店のお知らせ
長年のご愛顧《あいこ》ありがとうございました。

十一月三十日をもちまして、閉店いたしました』

嘘。なんで？

スーパーカザマは潰れていた。

夏に見た光景が嘘のように、店は静まり返り、ただただ大きながらんどうだった。

たった数ヶ月で廃墟《はいきょ》のような寒々しさが漂っている。

呆然《ぼうぜん》としながら、まっすぐ家に帰る気にもなれなかったので、激安堂に寄る。お金は少し持ってきたけれど、何かを買って食べる気にならない。ベンチでぼうっと座っていると、段ボール箱を抱《かか》えた社長が出てきた。

「いらっしゃい」

「はぁ、ども」

「ん？　どした？　なんか元気ない感じ」

「いや、まあ。あのさ、社長、激安堂は、大丈夫だよね？　ここ、なくならないよね？」

「えっ？　何？　藪《やぶ》から棒に。心配してくれてるの？　いや、こんな店構えだから、傍から見ると不安に思えるかもしれないけど、ウチみたいな零細《れいさい》、いやそれ以下のミジンコ企業《きぎょう》は、全国展開するほど流行《はや》らないけど、不思議と潰れもしないのヨ」

社長は自慢《じまん》なのか、自虐《じぎゃく》なのか、判別しにくいことを言う。

「身の丈《たけ》に合った商売しているからね」

身の丈に合った。風間さんはそれを超《こ》えちゃったんだろうか。

「岸町の『スーパーカザマ』って知ってる？」

「カザマ、ああ知ってるよ。先月閉めちゃった店ね。社長に何回か法人会で会ったことあるけど。まあかなり前から経営不振《ふしん》の噂は聞いていたけどね。あそこも社長がこだわりのある人だから、有機野菜扱ったり、値が張ってもいいもの仕入れようとしたり。そういうのがこの地域の人には、今ひとつ受け入れられなかったんだろうね。理想を持つのはいいことだけどさ、現実を見据《みす》えない経営は、必ずどこかで破綻《はたん》するんだよ。まあ、結局甘かったってことだよ」

社長の顔に一瞬冷徹《れいてつ》さのようなものが走った。私が思っている以上にこの人は商売人なんだと思った。

重苦しい気分のまま家に着き、ドアを開け「ただい」と言いかけた時、奥から大家のおばさんの声が聞こえてきた。

「だからあたしも驚いちゃってさあ。まさかと思ったよ」

三和土《たたき》におばさんの黄土色のつっかけが、片方は裏返り、もう片方はかなり離《はな》れて横向きに脱ぎ散らかされていた。よほど慌てて上がり込んだのか。

暖房《だんぼう》をつけているので、居間のガラス引き戸は閉められていたが、二人とも地声がでかいので玄関先まで会話が聞こえた。

「だってそんな話、全然聞いていなかったもの。あたしだってそのこと知ってたら、あんたのとこに絶対話なんか持ってくるわけがないよ。経営が危ない店の社長との縁談なんてさ」

風間さんのことだ。

「でもなんで、そんな店が大変な時に再婚しようなんて考えたんだろう？　それどころじゃなかっただろうに」

お母さんの声が応じる。ふたりとも話に夢中で私が帰ってきたことに気がついていないようだ。

「そう、そこなんだよね。あたしも変だなあと思うんだけどさ」

「あれかね、苦労を共にする相手が欲しかったとか？　あたしみたいなのは、体動かすことは慣れているから、昼夜なく働かせようとしたとか？　結婚したら無給で使えるから」

「んんんっ。それならまだいいんだけどさ。これ、言うかどうか迷ったんだけど」

「何？　何よぉ？」

「んんんっ。これはあくまでも噂なんだけどさ。風間さんの亡くなった前の奥さん」

「ああ、事故とか言ってた？」

「あれね、店の倉庫の階段から落ちたんだって。足滑《すべ》らせて。それで打ち所が悪くて亡くなったんだけど。それでね、風間さん、結構な額の保険金手にしたんだって。ちょうどその頃、店の経営がうまくいってない時期で、でもその保険金で店が持ち直したって話なんだよね」

「えええっ。風間さんが、その、あの、やったっていうこと？　奥さんを。保険金目当てで？」

「いやいやいや。だからあくまで噂だよ。なんの証拠《しょうこ》もない。実際事故で処理されているし。警察だって保険会社だってちゃんと調べたろうし。でもそのお金で店が持ち直したのは事実だから」

「まさか、そんな」

「まあ、本当に奥さんのことはとても不運な事故だったとしても、それで思いがけず大金を手にした風間さんが、味をしめたとしたら？　この手があるかって。また店が危ない、だったら、って思いついたとしたら？」

「あたしが危なかったってこと？　あたしに保険金かける目的で結婚しようとした、って？　まあ確かに、あたしなんか、親きょうだい親戚もいないから、殺されても不《ふ》審《しん》に思って調べる親族はいないし、殺すにはうってつけなのかもしれないけど。そういえば会った時も、本当に身寄りがないんですかって確認するように聞かれたなあ。

あたしひとり、消えたところで誰も心配しないだろうからね」

「何言ってんだよっ。あたしがいるじゃないかっ。もしあんたがそんなことになったら、必死で捜すよっ、調べるよっ。それに何よりあんたには花ちゃんがいるじゃないか」

おばさんは半分涙声になっていた。

「いや、花もろともってこともあったかも。そうすれば保険金がさらに入るし」

「ひぃいいいっ、恐《おそ》ろしいっ。怖いっ。怖過ぎるよっ。あんな、人のよさそうな顔して、裏じゃ悪魔《あくま》の顔を持ってたんだっ」

激しく洟《はな》をかむ音がした。

「でも向こうから断ってきたんだよね。てことは、途中で気が変わったのかな？　良心の呵責《かしゃく》っていうか？」

いい人だから、やめたんだよ、と言った風間さんの言葉が蘇る。あれはもしかして、いい人だから、殺すのをやめたんだよって意味だったのか？　一生懸命《いっしょうけんめい》に生きている私たちに同情して？　ぞわぞわっと寒気《さむけ》が走る。

「そこまでの悪党でなかったたってことかね」

「まあよく考えたら、そういうことでもなきゃ、あたしなんかと結婚したがる男はいないわな」

「そんなことないって。それに風間さんのことはあくまで推測に過ぎないし」

「それで今風間さんはどうしてるの？」

「それが行方不明なんだって。夜逃げ同然で姿消しちゃって。多額の借金残したままで。債権者《さいけんしゃ》も困ってるらしいけど。もしかしたらもうどこかで死んでるんじゃないかね」

そこまで立ち聞きしていたが、たまらなくなり、いかにも今帰ってきたように声を張り上げた。

「ただいまあ」

引き戸が開き、ふたりが顔を見せた。

「ああっ、お帰り。寒いから手を洗って早くこっちおいで。おばさんが夕飯にって、天ぷらたくさん持ってきてくれたんだよ」

「花ちゃんの好きないも天もたっぷりあるよ。でも屁《へ》の素《もと》だから、食べ過ぎてこのボロアパート吹っ飛ばさないように」

と言って、さっきまでの話題をかき消すように、ふたりは体を揺らして豪快に笑った。

その夜、やっぱり風間さんのことを考えないわけにはいかなかった。本当にお母さんたちが話していたような怖い人だったんだろうか。そんなふうには思えない。じゃあなんでお店が潰れそうな時に、再婚しようなんて考えたんだろう。ひとりで背負《せお》うのが辛《つら》かったから？　一緒に苦労してくれる人が欲しかったとか。誰かと一緒なら乗《の》り越《こ》えられると思った？　だけどやっぱりそれは相手に悪いから、やめたとか。だったらやっぱり風間さんは悪い人じゃなかったんだ。これは私がそう思いたいだけかもしれないけど。

次の日、日曜日の午後、区立図書館で本を借り、館内から出てくると、ちょうど向こうからやってくるけんとの姿が目に入った。冬の光に満ちた白い往来を、いかにも所在なげに、ぶらぶらと歩いている。向こうも私に気がつくと「お」という顔をした。

「何してるの？」

「散歩。たまには運動しないと。体に悪い」

長生きしたくないと言っていたくせに。

「君は？」

「図書館。本返してまた借りてきた」

肩から提げた図書館名の入った布バッグを見せる。

「書を捨てよ、町へ出よう」

けんとがぼそっと言った。

「何それ？　借りてきた本だよ。捨てるわけないじゃん」

「寺山修司《てらやましゅうじ》だよ」

「誰それ？　同級生？　ものは大切にしなきゃだめだよ」

けんとがへろへろ笑った。なんとなくふたりで並んで歩くかたちになった。

「あのスーパー、潰れたんだって？」

けんとが言うので、ちょっと驚く。

「知ってるの？」

「昨日、おふくろが換《か》えのシーツ持ってきた時に、なんだか騒《さわ》いでたから」

「じゃあ風間さんのことも？」

「大体ね。おふくろの推測も過分に入ってると思うけどね」

「行方不明なのは本当みたい。おばさんはもう生きていないんじゃないかって言ってたけど」

けんとが、ふうっと長い息を吐いた。

水田歩道橋に差しかかる。橋のたもとの日だまりに男の人がいた。いつだったか、お母さんが「尊敬している」と言っていたホームレスだった。体育座りをして、ヨレヨレの週刊誌をめくっている。けんとの視線が男性を捉《とら》えていた。

「あの男の人って、私が生まれる前からいるんだってね」

「うん。俺が小学生の頃にはもういたからな」

うちのお母さんが尊敬している人だとは言えなかった。

「あの人はどうして生きていると思う?」

けんとが聞いてきた。

「えっ? そりゃあ飲食店の残飯とか拾ってきてるんじゃないの。前、ゴミの日に出された袋漁《あさ》ってるの見たことあるし」

「そうじゃなくて、いや、それもあるんだけど、どうしてこんな生活を続けていられるのかってこと。きっとね、彼なりの希望があるんだと思うんだ。明日は今日より美味しい残飯にありつけるかもしれないし、穴のあいていない靴が手に入るかもしれない。明日は今日より少し暖かくて過ごしやすいかもしれない、ってさ。ほかにもさ、もし病気で苦しんでいる人だったら、少しでも苦痛が和《やわ》らいで明日は少し体がらくになっているかもしれない、とか。死刑囚《しゅう》だって、死刑執行《しっこう》の朝、執行室までの廊下《ろうか》を歩いている時、いや電気椅子に座る瞬間《しゅんかん》まで、死刑中止の電話がかかってくるんじゃないか、って思うそうだよ。他人から見たら、どんなに絶望的で最悪の状況でも、その人なりの希望があるから生きていけるんじゃないかな。たとえ針の先ほどのわずかな希望でも、微《かす》かな光でも、幻《まぼろし》でも、それがあればなんとかすがって生きていける」

風間さんのことを思った。風間さんには今光が見えているだろうか。

「俺だって」

続くけんとの言葉を待ったが、それっきり出てくることはなく、歩き出したので慌てていく。

激安堂の前を通りかかる。

「あ、ちょっと寄っていってい？　なんかあったかいもの飲みたい」

「俺も。あ、でも俺お金ないや」

「え、大人なのに。ま、いいや。ご馳走《ちそう》するよ。コーヒーでいい？」

「うん」

子供のようにうなずく。缶コーヒーと自分用のミルクティーを買って、けんとにコーヒーを渡す。

「ありがとう。お金、返すね、後で」

ふたりでベンチに座って飲んでいると、社長が出てきた。

「いらっしゃい。今日はお兄さんと一緒？」

「ちょ、ちょっともーやめてよーっ。この人はうちが借りているアパートの大家さんの息子だよっ」

「そうなんだ。こんにちは」

社長が挨拶《あいさつ》してくれても、けんとは視線を靴先に落としたまま、無表情で首を少し前後に動かしただけだった。

「あ、そうだ。新商品が来たから、ちょっと味見してみようと思ってたんだ。試食してくれる?」

紺色のエプロンのポケットから、アーモンドチョコの小箱を取り出し、開ける。

「ありがとうございます。いただきます」

一粒つまむ。社長が、けんとにも「よかったらどうぞ」と勧めると、けんとはまたわずかに顎を引いただけで、無言でひとつ取る。おばさんの苦労がしのばれた。人見知りしてかわいい年齢でもないだろうに。

「甘いもの好きなの?」

アーモンドチョコを食べる私を見て、けんとが聞く。

「うん、大好き」

「ふうん」

自分で聞いておきながら、けんとはさして興味もなさそうに言った。

激安堂を後にして、家の方に向かって歩き出すと、親水公園に出た。さすがに水遊びをする子供の姿はない。

「あ、けんと、って名前、どういう漢字なの？」

「え、賢《かしこ》い、の賢《けん》に人だけど？」

「わ、ぴったりじゃん。名は体を表す」

「それ君じゃなかったら、嫌みだと思うぜ。何が賢人だよ。今じゃ凡人《ぼんじん》ですらない、廃人《はいじん》だよ」

「そんなことないよ。生まれ持った頭のよさって、基本的に一生変わらないんだってよ。学校の先生が言ってたよ」

そうなのだ。これは木戸先生の発言で、この後に「でも、いくら頭がよく生まれついたとしても、磨《みが》かなければ宝の持ち腐《ぐさ》れで、ごく平均的な頭脳、いやそれ以下でも努力しだいで十分に追いつける、いや追い抜くこともできるんです。だから努力することは大事なんです」と続く。しかし、「生まれつき頭がいい人は、一生変わらない」の部分だけがひとり歩きし、後の部分は省略されたり歪曲《わいきょく》されたりして保護者に伝わり、「頭のよい悪いは生まれつき」などと、学校の教師が子供たちの前で公言するのはいかがなものかと、問題になった。木戸先生は時々こういうことをするのだ。悪気がないのに誤解される。私は先生がいつかクビになるんじゃないかと、少し心配している。教え子に心配される担任というのも、どうかと思うのだが。

「君は、お花の花に果実の実で花実でしょ」

「うん。花も実もある人生を、って願いを込めてお母さんがつけたんだ」

「花も実もある、か。いいね」

「でも本当は、死んで花実が咲くものか、っていうことわざから取ったんだって」

「へえ、そうなんだ。どんなことがあっても死んじゃいけない、って？」

「うん、つまり『生きろ』ってことだって」

「君の、花ちゃんのお母さんらしいや」

賢人《けんと》がふっと息を抜くように笑った。

「なんで急に名前のことなんか？」

「いや、ちょっと思い出しちゃって。親水公園の前通ったら。『けんと』って平仮名《ひらがな》で書かれた水着のこと」

「何それ？」

私は賢人に、水泳パンツの一件を話した。すると賢人は「なんだよーっ、それ。初めて聞いたよっ」と大笑いした。この人がこんなに大きな声で笑うのを初めて見た。

「あのふたりのやりそうなことだ」笑い過ぎて咳《せ》き込《こ》みながら言う。

「しっかし、知らないこととはいえ、なんだか申し訳ない気分だよ。でもその頃は、こんなむさくるしくなかったから。身も心も清らかな子供だったから」

自分が小汚いという自覚はあるようだ。

「ま、私も小さかったし。今だったら絶対嫌だけど」

「俺だって嫌だよ。いや、どういう趣味だよ。犯罪だろ。いや、犯罪じゃないか。でもやだよ。俺、廃人だけど、変態じゃないから」

「なんかそういうこと言ってる時点で十分に気持ち悪いんですけど?」

それからふたりで「なんだよーっ」「なんだよーっ」と言い合いながら、家に帰った。

数日後、私が学校から帰って一人でいると、呼《よ》び鈴《りん》が鳴った。ドアの魚眼レンズを覗くと、賢人だった。ドアを開けて「あ、こんにちは」と言うと、「ども」と小さくうなずく。いつもと何か違うな、と思ったら、綺麗にひげを剃《そ》って、髪も短くなっていた。

「これ、この前の。ありがとう。コーヒーの」

賢人がぽち袋を差し出した。梅の花の絵が描いてある。中に百円玉が入っていた。

「それから、これ。お礼っていうのもなんだけど」

もう片方の手に提げていた紙袋を掲《かか》げる。

「何?」

「ケーキ。甘いもの好きだって言ってたから」

紙袋は、テレビでもよく取り上げられる有名店のものだった。

「えっ、すごい、これ、あの有名なパティシエがやってる店のでしょ」

「うん」

「このお店って、銀座にあるんじゃなかったっけ?」

「うん。何年かぶりに地下鉄に乗ったよ」

「わざわざ行って買ってきてくれたの? なんか、かえって悪いよ。あれくらいのことで」

「いや、俺がそうしたかったから。誰かのために何かをしたいなんて思ったのは、久しぶりなんだ」

賢人がちょっと恥ずかしそうに笑った。

夕方になり、お母さんが仕事から帰ってきたので、賢人にもらったケーキのことを話すと、飛び上がらんばかりに喜んだ。早速箱を開けてみると、見たことがないような凝《こ》った美しいケーキが六個も入っていた。

「おおおっ。すごい。こりゃうんと高いぞ」

お母さんが興奮気味に言った。

「なんか輝いてるよっ、ケーキがっ、いや、スイーツがっ」

お母さんも、もちろんこの店のことは知っていた。お母さんはテレビのグルメ特集が好きでよく見ているのだ。だが、ただ素直に「美味しそうだなあ」と見ているのではなく、「けっ、こんなちっさいチョコが一個千円だって。カツ丼《どん》が二杯《はい》食えるわ」とか「この和菓子、一個八百円だって。激安堂でどら焼きがいくつ買えるか」とか、必ずお母さんレートで違うものに換算《かんさん》してケチをつける。そして「どんなに美味しいものでもその快楽は一瞬だ。一貫三千円の寿司《すし》って言ったって、口に入れて一時間ももつわけじゃない。それで最後はみんなうんこだ。高いもんでも安いもんでもなっ」と、乱暴に結論づけるのだった。

しかし高級スイーツを前に、小躍《こおど》りせんばかりのお母さんを見ていると、それが『すっぱいぶどう』の原理であることがわかる。狐《きつね》が、たわわに実っているぶどうを見つけ、食べようとして飛び上がるのだが、ぶどうは高いところにあって、どうしても届かない。狐は怒《いか》りと悔《くや》しさで「フン。どうせあんなぶどうは、酸《す》っぱくてまずいんだ。誰が食べてやるもんか」と言ってあきらめるという、イソップ童話のあれだ。お母さんだって、本当は高くて美味しいものを食べてみたいのだ。でも自分の口には入らないので、悔し紛《まぎ》れにあんなことを言っているのだ。

嬉しさで頬を上気させ「あの息子、なかなか気の利く、いいやつだな」と言い、毛嫌いしていたことなど、すっかり忘れたかのようだ。

お母さんは基本的に、物をくれる人はいい人だと言う。その考えは、大変危《あや》ういのではないかと思うのだが、今は言わないでおく。お母さんは、人に何かをもらうとずっと覚えていて「そういえば、前に○○さんに○○をもらったことがあって」と、十年も前のことをまるで昨日のことのように話す。ほかの記憶はかなり曖昧で、学校のプリントの提出日や行事のことなどしょっちゅう忘れるし、物覚えもいいほうではないのに、殊《こと》、人からもらったものに関しては、そこだけピンポイントで抜群の記憶力を発揮する。まるで鍛《きた》え抜かれたどこかの国のエリート諜報《ちょうほう》部員並みの能力だ。賢人のこともこれでしっかりお母さんのメモリーに刻まれたことだろう。

なぜもらい物に関してだけ、記憶力がいいのか聞くと、

「寒さに震えた者ほど、太陽を暖かく感じる。ホイットマン」

という答えが返ってきた。

ホイットマンはともかく、夕飯前だが、「人からもらった食べ物は、すぐに食え。後で返せと言われないうちに」というお母さんのモットーに従って、早速頂くことにする。

「こういう時はやっぱりお紅茶ですねぇ」

お母さんが棚から紅茶のティーバッグを出してきた。見たことのないメーカーだ。きっと激安堂で安売りされていたものだろう。マグカップにお湯を注ぐと、水彩絵の具を溶《と》いたみたいに、一気に濃い焦《こ》げ茶色が広がった。以前、真理恵の家で出してくれた紅茶はこんな色ではなかった。真理恵のママは、あらかじめ温めておいたガラスのティーポットに、ティースプーンで茶葉をきちんと人数分入れ、そこに沸騰《ふっとう》したてのお湯を注ぎ蓋《ふた》をすると言った。

「空気を含《ふく》んだ水を、しっかり沸騰させてポットに注ぐのが美味しい紅茶を淹《い》れるコツよ。そうすると茶葉がよくジャンピングして、紅茶の成分が上手く出て、香り高い紅茶になるの」

空気を含んだ水とか、ジャンピングとか、意味がよくわからなかったけれど、しばらくすると確かに茶葉が、浮いたり沈んだり、ポットの中で上下運動を始めた。

「ほらっ見て、ジャンピングが始まったわ。茶葉の舞いよ。紅茶の妖精《ようせい》が踊《おど》っているのよっ。まあ、なんてかわいらしいんでしょっ」

真理恵のママが興奮して言うので私も思わず「おおおっ」と声を漏《も》らしてしまった。

それが終わると、真理恵のママは、さらに茶漉《ちゃこ》しを使って、濃さが均一になるようにティーカップに回し注ぎ、「ベストドロップよ」と最後の一滴を注いだものを私に勧めてくれた。それは透明感のある文字通り紅色の美しいお茶だった。こんな澱《よど》んだような黒さはなかった。いつだったか、私が体調を崩した時に、大家のおばさんが漢方薬だと言って、煎《せん》じ薬《ぐすり》を持ってきてくれたが、色味はそれに近い。それは口がひん曲がるほど、苦くてまずかったが、これは大丈夫か？　いや、きっと真理恵のところで飲んだ紅茶とは、種類が違うのだろう。そう思うことにする。

ケーキは、果実がたっぷりのったタルトやクリームで作られた繊細《せんさい》なバラがデコレーションされているものや、つや光りした表面がまるで鏡のような漆黒《しっこく》のチョコレートケーキ、スモーキーグリーンのクリームの上に金粉がまぶしてあるのは、抹茶《まっちゃ》味だろう、どれも芸術品のようだった。

私はまずチョコレートのを、お母さんは金粉まぶしのケーキを選んだ。

「一口食べたら、十口紅茶を飲めな」

などとお母さんが無体なことを言う。

「そんなことしたら、お腹がガブガブになるよ」

「それもそうだな。寝ションベンしても困るからな」

まずは懸念《けねん》されていた紅茶を一口飲む。なんの味もしない。真理恵のとこで飲んだ紅茶は、フルーティーな芳香《ほうこう》が鼻に抜けるようだったが、この紅茶は、その毒々しいまでの色に反して、味も香りも全くしない。ただの色のついたお湯だった。煎じ薬のように苦くないだけまだましか。なんだかケーキたちに申し訳ない気がしたが、お母さんは全く頓着《とんちゃく》しない様子で「うんまいっ、うんまいっ。やっぱ違う、全然違う。深い、深い、味が」と言い、紅茶をがぶ飲みした。私もチョコレートを食べてみると、しっとりと濃厚《のうこう》で口溶けがよく、何よりカカオの香りが素晴らしい。なんだかヨーロッパの貴族にでもなったような気になる。食べ物でエレガントな気分になるなんて、やっぱり高いものは、高いだけの価値はあるのだ。私たちはいちいち驚嘆《きょうたん》の声を上げながら、結局、三個ずつ平らげてしまった。お母さんは一つのティーバッグで三杯も紅茶を飲んだが、三杯目にはさすがに色が出なくなったので、スプーンでティーバッグの腹を押すと、破れて中身が出てしまうという悲劇に見舞われたが、ある意味これで茶葉はジャンピングした。

おかげでその後のいつもながらの質素な食事でも十分に満足感を得られたのだった。

冬休みになった。この時期にしては、暖かく風もない日だったので、部屋の掃除《そうじ》でもしようかと窓を開けると、アパートの前にある庭で、賢人が座り込んで何かをしているのが目に入った。背中を丸め、土いじりらしきことをしている。そばに行って「何してるの？」と声をかけると、賢人はまぶしそうに振《ふ》り仰《あお》いで、

「種、埋《う》めてんの」

と答える。

「種？」

「うん、ほらこれ」

人差し指と親指で挟《はさ》んだ、しなびた胡桃《くるみ》のような茶色のものを見せる。

「なんの種？」

「桃だよ、桃。夏、食ったろ。俺の部屋で」

「えっ、あの、夏休みの時の？」

「そ、今日捜しもんしてたら出てきた」

あれから何ヶ月もたっている。その間、ずっと部屋の掃除をしていなかったってこ

とか。桃の種を放置したままで。やはり、こいつとかいうやつは。

「大丈夫なの？　腐ってんじゃない？」

「大丈夫だよ。種ってのは生命力の源だぞ。何百年も前の種から発芽したって例もあるんだから」

それは保存状態によるのではないか。澱んだ空気が充満《じゅうまん》した賢人のむさくるしい部屋を思い出し、息苦しくなる。しかし賢人は懸命にシャベルで土を掘《ほ》っていた。

「手伝う」

賢人の隣に座り、近くにあった木の棒で地面を掘る。土が固くてなかなか掘りづらかった。

「花も実もある。よし、花も実もあるぞ」

種に土をかけながら、賢人が言う。

「桃ならさ、春に綺麗なピンクの花が咲くし、夏に実もなるよ。だから大丈夫だ」

と続けた。全部埋め終えると、賢人と並んで枯《か》れ草の上に座った。日差しが心地いい。枯れ草は冬の匂《にお》いがした。

「実がなるまで、どれくらいかかるの？」

「さあ、桃栗《くり》三年柿《かき》八年って言うけど、ちゃんとした収穫《しゅうかく》ができるようになるまでには、もう少しかかるかもな。耕された畑と違ってここは土がよくないし。ま、肥料がわりに俺が明日から毎朝ションベンでもかけとくよ」

「やめてよーっ。それこそ種が腐って、芽なんか出ないよ」

賢人は、へへへっと笑った。

「冗談抜きに、五、六年ってとこかな、ちゃんとした実がなるまでには」

「えーっ、そんな先？　私、高校生になっちゃうよ。賢人はおじさんだね」

「お前なーっ」

「おばさんは、お婆《ばあ》さんかな」

「さあ、もう死んでんじゃね？」

「まーたー、そういうことを言う」

お母さんは？　まだ今の仕事やってるのかな？　きっとまだずっと元気だよね？

「もし実がなったら、一番最初に私のお母さんに食べさせてあげて」

「なんで？　初物だから？」

「それもあるけど。あの時、風間さんにもらった桃、ふたりで食べちゃったじゃん。風間さんは『お母さんと食べて』って言ってたのにさ。だから罪滅《つみほろ》ぼし」

「何年越しの償《つぐな》いだよ。ってか、俺いつの間にか共犯になってんのな。でもその前に、ここで桃の花見だな。一度行ったことがあるよ。小学一年の春休み、山梨《やまなし》にさ。オヤジが運転する車で、おふくろと、家族三人でさ。本当に綺麗だったよ。桃の花が満開でさ、桃色の雲が、あたり一面にたなびいているみたいだった。三人でそれを眺めながら弁当を食べたよ。青い空と遠くに見える南アルプスにはまだ雪が残っていて、小鳥のさえずりが聞こえて。俺は、もし天国があるんなら、きっとこんなふうだと思ったよ」

賢人が目を閉じて日差しに顔を向けた。

「本当に、本当に綺麗だったんだ。楽しかったんだよ」

閉じた賢人の目尻《めじり》に光るものがあった。それがみるみる膨《ふく》れて、つーっと一筋伝う。

慌てて目をそらし、賢人のように目を閉じて太陽のほうに顔を向ける。

「うん、綺麗だったろうね、桃の花」

満開の桃の花を想像してみる。さっき埋めた種が芽を出し、大きくなって花をつける。四本とも満開だ。その下でお花見をしている私とお母さんとおばさんと賢人。あ、真理恵や美希もいる。風間さんも。そうだよ、風間さんは桃をくれた人だもの。桃の花びらが舞い散る。あたりは桃色に霞《かすみ》がかっている。

「桃源郷《とうげんきょう》って言うんですよ」

見ると木戸先生だった。やっぱり先生は物知りだ。みんな笑っている、笑っている。

お母さんが木から桃をもいだ。花の咲いている枝に、桃もたわわに実っていた。お母さんとおばさんが「初物、初物」と言って、桃を丸かじりしている。

「ほら、花も」

お母さんが言うので、見上げるとそこには桃の花と実があった。

「花も実もあるね、お母さん」

私は光をつかむように、枝に手を伸ばした。

Dランドは遠い

私は、多分、今日本で一番お金のことを考えている小学生だ。

それを知ったのは、給食のちょっと前で、その日は大好きなグラタンだったのに、だからちっとも味がしなかった。頭の中はさっきのことでいっぱい。

「秋の連休、真理恵《まりえ》と美希《みき》、ドリーミンググランド行くんだってね。花《はな》ちゃんも行くの？」

凛《りん》ちゃんが、サラッと言った一言。心臓がドックンとしたけれど、

「えっ、あ、うん、まあ」

なんとかごまかした。

え？　何？　真理恵と美希が？　ドリーミンググランドって？

学級文庫の前で話をしているふたりに近づいていって、さりげない感じで聞いた。

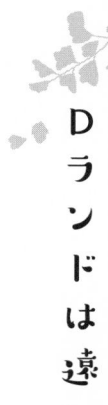

「あのさぁ、なんかさぁ、ちょっと聞いたんだけど、ふたり今度ドリーミングランド行くんだって?」

真理恵と美希は、明らかに一瞬《いっしゅん》ギクッとしていた。ふたりはちょっと気まずそうに顔を見合わせ、

「う、うん。本格的な受験シーズン突入の前にちょっと休憩《きゅうけい》っていうか、今月連休あるからさあ、一日だけ模試があるけど、その後の講座は振《ふ》り替《か》えできるとかで、都合つきそうだから、だったら、行ってみようか、なんてね」

ボーイッシュでいつも元気な美希が、どこか歯切れの悪い口調。

「いいなあ、私も行きたいよ」

「あ、でも、ワンデーパスポートが六千円くらいして、交通費とかお昼とか向こうで食べるから、結構お金かかっちゃうよ?」

真理恵が言い、ふたりが申し訳なさそうにうつむく。

ああ、そうか。そういうことか。

気を遣《つか》っているんだ。ふたりは、うちがひとり親家庭で、何かと大変なことを知っている。でも、だからって、こういう気の遣われ方って、やさしさって、なんだかとても惨《みじ》め。

「え、大丈夫《だいじょうぶ》だよ、それくらい。私、お年玉とか貯《た》めてあるし」

「ホント？　じゃあ一緒《いっしょ》に行けるの？」

ふたりの顔がぱっと明るくなる。

しまった。なんでそんなこと言ってしまったんだろう。まずい、まずい、引き返すなら今のうちだ。なのに出てきた言葉は、

「うん、うん、行こうよ、三人で」

だった。

「やったあ。花ちゃんも行けるなんて最高。私も三人で行きたいと思ってたんだ」

「ホントよかった。中学は違《ちが》っちゃうから、行くならこの三人がいいなって、私も思ってたもん。よかった、花ちゃんも行けて」

ふたりともすごく喜んで盛り上がっている。どうしよう。

「じゃあ電車の時間とか、私調べておくね。うーっ、楽しみーっ。いーっぱい、遊ぼうね」

「う、うん」

どうする？　どうする？

喜んでいるふたりとは裏腹に、取り返しのつかないことをしてしまった後悔《こうかい》に、指

の先が冷える。

パスポートが六千円で、交通費とかお昼代で、最低でも八千円くらい？　いや、もっとか。一万円とか。そんな、一万円なんてとても。

お母さんの顔が浮《う》かぶ。男の人に混ざって、工事現場で働いているお母さん。夏は土埃《つちぼこり》でドロドロの黒い汗《あせ》をかいて、冬は北風に容赦《ようしゃ》なく吹《ふ》きさらされて、頬《ほお》が割れせんべいみたいにひび割れることもあった。お母さんは「その分いいお金になる」と言っているけれど、そのいいお金で、我《わ》が家《や》がいい暮らしをしているとは、到底《とうてい》思えなかった。

食料は、閉店の少し前に買った半額シールの貼《は》られたものばかりで、だからうちのゴミ袋《ぶくろ》は出してもどれかすぐにわかる。半透明《はんとうめい》の袋から、たくさんの半額シールが透《す》けて見えるから。

お母さんは、もう何年も自分の服を買っていない。上着も下着も、着倒《きたお》すか、というくらい同じものを洗濯《せんたく》しては着ている。シャツはあちこち糸がほつれ、肩《かた》ひもはビヨビヨに伸《の》びて、しょっちゅうズリ落ちている。冬に着る長袖《ながそで》の肌着《はだぎ》は伸びきっていて気がつくと袖口から出ているので、襟元《えりもと》から手を入れ引っ張ると、今度はそこから出っぱなしになるという有り様。パンツもすっかりブカブカになっていて、胴回《どうまわ》りと足が出るところ三ヶ所の幅《はば》がほぼ同じくらいになり、どこからでも足も、胴も通せるくらいだ。洗濯して、針金ハンガーにスルメイカみたいに干されているそれは、そのまま凧《たこ》あげができそうで、下着泥棒《どろぼう》も素通《すどお》りするだろう。

お母さんは、見えないところだからいいわい、と言う。

「見えないところにお金をかけるのが、本当のおしゃれなんだってよ」

と言うと、

「へ？　なんだそれ？　見えるところにだって、銭《ぜに》かけられんのに。はいとるだけましだワ」

と返す。そんなお母さんに、遊園地に行くから、一万円欲《ほ》しいだなんてとても言えない。いや、言えば出してくれると思う。これまでだって、お母さんは私に不自由な思いをさせたことはない。ちゃんと人並みのことをしてくれる。ゲーム機もソフトも中古だけどちゃんと買ってくれたし、洋服も安売りの店のだけど、私が気に入ったものを買ってくれる。きっと今度だって、無理してでも、出してくれると思う。その無理して、が嫌《いや》なのだ。私の遊びのために、お母さんに無理をさせるのが。

でも行きたい。ドリーミングランドには。真理恵と美希は来年私立中学を受験する。もう遠くへ行ってしまう。離《はな》ればなれになってしまうのだ。三人の思い出作りをしたい。

だからって一万円かぁ。

お年玉なんかない。お年玉をくれるような祖父母《そふぼ》も、親戚《しんせき》も私にはいないのだ。

どうする？　どうする？

とにかくお金だ。だけど小学生の私に何ができる？　働けるわけがないし、どこかにお金が落ちていないだろうか。下を見ながら家に帰る。途中《とちゅう》、宝くじ売り場で足が止まる。一枚三百円。八百円ぐらいなら貯金している。家の手伝いをして少しずつ貯めたのだ。宝くじって小学生でも買えるんだろうか？　一等何億とかでなくていい。一万、一万円でいいんだけどな。いや、でも当たらなかったら、三百円がパァだ。ますますドリーミングランドが遠くなる。

家に帰るなり、古本屋で買った月遅《つきおく》れの『ちゃお』を、引っ張り出してきて、漫画《まんが》スクールのページを開く。グランプリ百万円という文字が目に飛び込んでくる。そこまでいかなくても初投稿賞《はつとうこうしょう》で、一万円だ。

私の特技は漫画。クラスで一番イラストが上手《うま》い。みんなもそう言ってくれる。だけど今から描《か》いて投稿しても、発表は三ヶ月後だ。とても間に合わない。それに何よりケント紙やスクリーントーンやペン先や、本格的な漫画道具を買い揃《そろ》えなければならない。

ああ。結局のところ、私にできることは、考えに考えた末の、自動販売機《じどうはんばいき》のつり銭探《せんさが》しだけだった。これは厳密に言えば犯罪になるのだろうか？　拾得物だから。いいや、そんなことを言っている場合ではない。そのへんはまだ小学生ということで、大目に見てほしい。

私はそれからせっせとつり銭漁《あさ》りに励《はげ》んだ。六年生になってから、美希も真理恵も毎日塾《じゅく》で、全く遊べなくなった。私はクラスの中で唯一《ゆいいつ》のフリーダム。塾通いも習い事もしていない。おかげで放課後暇《ひま》だけはあるのだ。

二時間近く町中《まちじゅう》をうろついて、見つけたのは自販機の下に落ちていた泥《どろ》だらけの真っ黒な十円玉だけ。まあこんなものだろう。一週間ほど、そんなふうにして、拾えたのは五十円一枚と十円三枚だけだった。

だがある日、自販機の下に、キラッと光るものを見つけた。多分百円。いやもしかしたら五百円かもしれない。これまでの最高記録か？

地べたに腹ばいになり、腕《うで》を伸ばす。届かない。

公園で拾った木の枝を突《つ》っ込《こ》む。これは私の秘密道具で、最近はいつも持ち歩いている。でもうまくいかない。それどころか枝で突いて、ますます遠くへ押《お》しやってしまった。

「ええいっ、くっそぉ、もう少し」

夢中になってやっていると、

「みっともねぇ。つり銭漁りなんて、やってんじゃねーよ、バーカ」

上から声が降ってきた。顔を向けると、隣《となり》のクラスの根本《ねもと》君と沢井《さわい》君が見下ろしていた。嫌なやつらに見つかってしまった。ふたりは先生にも平気で楯突《たてつ》くトラブルメーカーで、木戸《きど》先生なんか汚《きたな》い雑巾《ぞうきん》を背中に投げつけられたり、消しカスを頭に飛ばされたりしていた。逆光で表情はよくわからなかったが、ふたりともニヤニヤしているみたいだった。

「こいつ、前にも違う自販機で同じことしてんの俺《おれ》見たぜ」

「ヒーッ、恥《は》ずかしいやつ。北町小《きたまちしょう》の恥《はじ》だな」

「こいつんち、母子家庭でビンボーだから、しょーがねーんだよ」

ふたりが肩を揺《ゆ》らして笑う。私は這《は》いつくばったまま、やつらを睨《にら》みつけた。

「なんだよぉ、文句あんのかよぉ」

沢井君がポッケに手を突っ込んだまま、片足を上げシュートの体勢を取る。

来るっ。瞬間《しゅんかん》、全身に力を入れ、目を閉じた。

「やめろって。それはヤバいって。先生にチクられたらまずい」

根本君が沢井君の両肩を押さえた。

「ふんっ、ビンボー人がぁーっ。みっともねーんだよっ、バーカ」

沢井君が憎々《にくにく》しげに言うと、二人は去っていった。

自販機の下に伸ばした手を抜《ぬ》き、ゆっくりと起き上がる。手も足も真っ黒だ。多分顔も汚《よご》れているだろう。服についた泥を払《はら》う。手のひらを広げる。

百円だった。

それでも今までの最高記録だ。自然と顔がにやける。

わかるもんか。わかるもんか。お前たちにわかるもんか。

みっともなくても、バカでも、私はドリーミングランドに行きたいんだ。

真理恵と美希は、同じ私立の女子中学へ行く。遠くなってしまう。低学年の頃《ころ》からずっと仲良しだったのに。

「付属の中学に入れば、そのまま大学まで行けるからね」

いつだったかふたりが言っていた。

大学。私は大学に行けるんだろうか。今の私にとっては、大学もドリーミングランドも、果てしなく遠い。

家に帰り、服を着替《きが》え、顔と手足を洗う。ついでに拾った百円玉も洗う。思いのほか綺麗《きれい》になる。リアル資金洗浄《しきんせんじょう》。テレビで最近覚えた言葉が浮かぶ。

夜、お母さんと夕飯を食べながら、テレビでニュースを見ていると、遊ぶ金欲しさに、自転車でひったくりを繰《く》り返《かえ》していた男子中学生数人が捕《つか》まった、と言っていた。

遊ぶ金欲しさ。今の私はまさにそれだ。遊ぶ金が欲しい。このひったくりの中学生らと紙一重《かみひとえ》かもしれない。ここ数日、お金のことばかり考えていて、どんなみっともないことでも平気になっている。なりふりかまわずというやつだ。中学生の気持ちもわかる。私も何をしでかすかわからない。

いや、違う、違う。私は絶対に違う。お母さんを泣かせるようなことはしない。

ああ、やめた、やめた。もうやめた。

明日真理恵たちには、用事ができたと言って断ろう。ふたりはどう思うだろうか。がっかりするかな。やっぱりって思うかな。嘘《うそ》ってバレバレかな。いいや、もう。いいんだ、もう。

「どした?」

箸《はし》が止まった私をお母さんが覗《のぞ》き込《こ》む。

「ううん、別に。なんでもない」

そうだ。こんなことは別になんでもない。

「これ、美味《おい》しいね。なんのお刺身《さしみ》？」

「ああ、それは天然のブリなんだけど、もう閉店間際《まぎわ》だったから、半額のさらに半額。もぉ、タダみたいなもんだ。そう思って食べると、ますますうまいべ？」

お母さんが、カカカカッと笑った。私も笑った。そうだ、笑いとばせばいい。どうにもならないことは笑いとばせ。

それでも私は早く大人になりたいと思った。

お金の稼《かせ》げる大人に。

そしたらお母さんをドリーミンググランドに連れていこう。その時には今日のことを思い出して、また笑ってやろうと思った。

銀杏拾い

毎年のことだが、イチョウの葉が黄金色《こがね》に輝《かがや》き、冬の匂《にお》いが混ざる頃《ころ》になると、私たち親子は少し落ち着かなくなる。特に一晩、強い風が吹《ふ》き荒《あ》れた翌日は。

「今日はあれだね」

「うん」

ふたりで、ニンマリ笑い合う。そうだ、こんな日は銀杏《ぎんなん》拾いに最適なのだ。昨夜《ゆうべ》の大風で、さぞかし大量の銀杏が振《ふ》り落とされたに違《ちが》いない。

毎年晩秋の候、私たち親子は銀杏拾いに勤《いそ》しむ。別に風流でも娯楽《ごらく》でもない。純粋《じゅんすい》に日々の糧《かて》を得るためだ。食べるために銀杏を拾う。冗談《じょうだん》ではなく、これで少しはしのげるのだった。銀杏は間違《まちが》いなく、我《わ》が家《や》の食料事情の一端《いったん》を担《にな》っていた。

戦時中は、銀杏が貴重な食料源だったそうだが、現代でそんな人がいるだろうか。否《いな》、いる、ここに。私たちは、銀杏をよく食べる。特にお母さんは。銀杏は食べ過ぎると中毒になり、時には命に関《かか》わる危険性もあるそうだが、お母さんには耐性《たいせい》でもできているのか、かなり食べているが、今までにそんなことは起きていない（でもよい子のみんなは真似《まね》しないでね）。

私には「年の数だけな」と、節分の豆みたいなことを言う。実際、銀杏は年齢《ねんれい》の数以上食べるな、と言われているそうだが、お母さんはそんなものとっくに越《こ》えてしまっている。

「銀杏は、スタミナ食って言われるくらい栄養があるからな」

お母さんが取っておいた古封筒《ふるふうとう》に銀杏を入れて、電子レンジでほんの一分ほど加熱する。ここで気をつけなきゃいけないことは、あらかじめ銀杏の実を、キッチンバサミなどで少し割っておくことだ。そうしないと、それこそテロか！　と思うくらいの爆裂音《ばくれつおん》で実が弾《はじ》けるのだ。

そうして食べる銀杏は、翡翠《ひすい》色も美しく、もっちりして美味《おい》しい。十分に腹の足し、どころか、お母さんなど主食かと思うくらい食べている。

しかしやはり銀杏の毒性が心配だからそのことを言うと、お母さんは「腹減って死ぬのと、銀杏食って死ぬのとどっちがいいか？　お母さんは腹ぺこで死ぬのは嫌《いや》だな」と言う。

ほかの物を食べるという選択肢《せんたくし》はないのか、と思うが、お母さんはいつでも「食」のほうが勝《まさ》っているのだ。だから私たち親子は、せっせと銀杏を拾う。公園で、並木道で、神社で、一見親子で銀杏を拾う光景は牧歌的であり、季節の風物詩的で微笑《ほほえ》ましいと映るかもしれないが、私たちにとっては、そんななまやさしいものではなく、切実で、まさに生きる糧だった。

お母さんの頭の中には、既《すで》に銀杏地図みたいなものが出来上がっていて、どこに行けば魚が獲《と》れるかを指し示す魚群探知機のごとく、どこでどのくらいの銀杏が拾えるか、わかっている。木によっては、ひどく実が小さいものがあり、これは割るのも手間がかかるし、食べるところもほとんどなく、労多くして、益少なし。なので避《さ》けるべし。拾うならなるべく大きなものがよい。

大木だが公園などで、すぐ下が花壇《かだん》になっている場合、そこに落ちた実に手を伸《の》ばして拾っていたら、公園管理事務所の人に「花壇が荒れるので、やめてくれ」と言われたし、早く行かないと清掃《せいそう》の人たちに綺麗《きれい》に掃除《そうじ》されていることもある。時には私たちが拾っているのを知っていながら、銀杏がたくさん落ちているところから、これみよがしに清掃を始められ（ほかに清掃すべき場所はいくらでもあるのに）、追い立てられるようにその場を離《はな》れたこともある。

神社などは「銀杏拾いは、ご参拝の方以外ご遠慮《えんりょ》ください」などと貼《は》り紙をしているところもあった。お母さんは「セコイな。神様はそんなことはきっと言っちゃいないぞ」と言うが。

どこにでもありそうなイチョウの木だが、実が大きく、誰《だれ》でも自由に拾える、また拾いやすいスポットというのは意外に限られているのだ。いくらたくさん落ちていても交通量の多い道路沿いではダメだ。

それにしても銀杏というのはどうしてあんなに臭《くさ》いんだろう。とても植物とは思えない臭《にお》いを発する。ほとんどウンチじゃなかろうか。ウンチじゃないのにウンチ臭《しゅう》がするって最悪だ。ひどい濡《ぬ》れ衣《ぎぬ》を着せられたような感じ。私が銀杏だったら神を恨《うら》むだろう。

匂いのこともあるし、素手《すで》で触《さわ》ると手がかぶれるそうだから、中厚のビニール手袋をはめて拾う。もちろん手袋はそれ専用にしてある。

あれは小学校に入った年の十一月中旬《ちゅうじゅん》を過ぎた頃だった。前の晩によく風が吹いた日曜日だった。朝、目を覚まして横で寝《ね》ているお母さんを見ると、お母さんも目を開けていた。

「今日はあれだね」

「うん、絶好の銀杏拾い日だ」

朝食を済ませると自転車に跨《また》がり、早速《さっそく》銀杏拾いに向かう。

「新しい漁場を開拓《かいたく》したんだ。実も大粒《おおつぶ》で、そこ、神社なんだけど、参拝しなくちゃ拾っちゃいけねーとかケチくさいこと言わないとこなの。ちょっと奥《おく》まったところにあってさ。穴場っていうかさ。木も樹齢《じゅれい》何百年とかいう御神木《ごしんぼく》だから、きっと御利益《ごりやく》もあるぞ」

その神社は、お母さんの言うように、大通りから少し離れた場所で、住宅街の奥にあった。大きなイチョウの木が二、三本あり、あちこちに実を落としていた。中でも一番大きい木はしめ縄を張っており、御神木のようだ。ダブルでありがたいことこの上なし。新鮮《しんせん》な銀杏臭も鼻をつき、大漁節の予感。私たち以外に人はいない。自然と笑《え》みがこぼれる。

拾い始めると、たちまち持ってきたスーパーの袋《ふくろ》がいっぱいになった。その場で果肉を剥《む》いて捨てていく人もいるが、私たちは決してしない。それは最低限のエチケットだ。帰ってからアパートの前の水道で洗う。水道を使わせてもらったお礼に、大家《おおや》のおばさんにもおすそわけする。するとおばさんは、「あらまあ、こんなにたくさんいいの？　銀杏、買えば高いんだよ」と言った。

「買えば高い」、このフレーズは、お母さんとおばさんの会話の中で、頻繁《ひんぱん》に出てくる。買えば高い、ということは、実際は買っていないのだが、買わずに手に入れたものがそんなにあるのだろうか？　しかしこの「買えば高い」と口にするふたりは、実に楽しそうなのだった。

　ひと袋も拾うとかなりの重さがあった。

「持ってくの大変なくらいだね」

「なぁに、しょってでも持って帰るワ。今日だけでこの冬越えられそうなくらい拾えるな」

　冬眠前の動物みたいだと思った。そうだ、私たちは冬眠前のリスの親子だ、と思うと楽しくなった。

　拾っていると、拝殿《はいでん》の奥から、何やら雅《みやび》な音楽が聞こえてきた。いかにも神社にふさわしい厳《おごそ》かな音色だ。しばらくすると拝殿の戸が静々と開き、中から人が出てきた。平安貴族のような装束をつけた神主《かんぬし》さんと巫女《みこ》さん、それに続いてスーツ姿の男の人と和装の女の人、そして髪を結《ゆ》い、着物を着た女の子。

　あ、と思った。

同じクラスの真理恵《まりえ》ちゃんだった。

見上げる私と目が合う。向こうも、あ、という形に口が開いた。

「花《はな》ちゃん」

真理恵ちゃんが言うと、真理恵ちゃんのお父さんとお母さんもこっちを見て気がついたようで、微笑んで会釈《えしゃく》をした。お母さんは、おばさんが編んでくれた、蛍光緑《けいこうみどり》と黄色と黒の縞模様《しまもよう》という、まるで毒虫みたいな配色の毛糸帽子《ぼうし》を慌《あわ》てて取って、ぺこりと頭を下げたが、静電気を起こしたらしくボワッと髪《かみ》が逆立っていたので、これなら被《かぶ》ったままのほうがまだましだった。

「真理恵ちゃん、何してるの？」

「七五三だよ。花ちゃんも？」

「ううん、うちは銀杏拾いに来た」

銀杏でパンパンに膨《ふく》らんだ袋（底に潰《つぶ》れた実から出た汁《しる》が溜《た》まっている）を掲《かか》げると、真理恵ちゃんのお父さんとお母さんが同時に「おわっ」と言って一瞬《いっしゅん》体を後ろに反らせたが、すぐに直って「ま、まあ、す、すごい。ねぇパパ」「うん、うん、お疲《つか》れ様です」と笑顔《えがお》を張りつかせた。

「いいなあ、私も後で拾っていい？」

真理恵ちゃんが聞くと、真理恵ちゃんの両親は、

「今日はダメ、絶対に今日はダメ」

と激しく首を振った。

三人は階段《かいだん》を下りてきて、拝殿の前などで、写真を撮《と》り始めた。お父さんが真理恵ちゃんひとりを撮ったり、お母さんと一緒のとこを撮ったりしていた。

真理恵ちゃんは本当に綺麗だった。時代劇に出てくるお姫様《ひめさま》みたいだった。きちんと結い上げた髪に、ピンクのバラの髪飾《かざ》りをつけ、着物は水色の地に手鞠《てまり》や牡丹《ぼたん》、桜が描《えが》かれている。口紅を塗《ぬ》り、大人みたいにアイメークもしていた。私は、ただただぽかーんと見とれてしまった。お母さんも、隣《となり》で惚《ほう》けたような顔で見ている。

何枚か真理恵ちゃんとお母さんを撮影した後、お父さんはどうも三人での写真を撮りたいようで、デジカメを持ってちょっとキョロキョロとした。顔がこっちのほうを向いたので、「あ」と、お母さんが一歩前に踏《ふ》み出したが、素早《すばや》く巫女さんが横から飛び出してきて「わ、私がお撮りしますっ」と慌てて言う。お母さんが、私を見て「へへっ」と照れ笑いして、引《ひ》っ込《こ》んだ。

真理恵ちゃんを真ん中に三人が並ぶ。こういうのを絵になるというのだろうか。真理恵ちゃんのお母さんは綺麗だし、お父さんもキリッとしていて、真理恵ちゃんはか

わいい。晩秋の柔《やわ》らかい日差しの中で微笑む三人は本当に素敵だった。撮り終えると、
「それじゃあ、私たちはここで失礼します。向こうに荷物が置いてありますので」
真理恵ちゃんのお父さんが言い、三人は社務所のほうに向かって歩き出した。真理恵ちゃんが「花ちゃん、またね」と手を振ったので、私も銀杏の袋を吊《つ》るしていないほうの手を振った。

後年、この時のことを振り返ってみても、私には羨《うらや》ましいとか妬《ねた》む気持ちは、全くなかった。羨んだり妬んだりするというのは、その人に近い事柄《ことがら》や自分と似たような環境《かんきょう》、境遇《きょうぐう》の人に対して起こるのではないだろうか?

アカデミー賞受賞式でスピーチするハリウッド女優や、アラブの王様の豪遊《ごうゆう》ぶりをテレビで見て、身をよじるほど本気で妬む人が、日本にいるだろうか? そういう人は、自分も同じ高みにまで上《のぼ》り詰《つ》められると思っているようなよほどの野心家だろう。

自分とはあまりにかけ離れている人、明らかに別世界の人は、嫉妬《しっと》の対象にならない。同じようなレベル、階級の人に嫉妬心は生まれるのだ。

もしその時の私が妬むとしたら、大粒の銀杏を私より多く拾った人だったろう。

七五三のことはなんとなく知っていたが、なぜか自分がその中に含《ふく》まれる、とは思ってもいなかった。三歳《さい》の頃は保育園に行っていたが、その時は、園で配られた千歳《ちとせ》

飴をしゃぶった記憶しかない。保育園の友達とも「七五三したよ」などという話はしなかった。

ただただその日は銀杏がたっぷり拾えて、真理恵ちゃんのお姫様みたいな姿も見られてよかった、と思っただけだ。

「真理恵ちゃん、すごくかわいかったね」

お母さんに言うと、

「え、あ、うん、そうだね」

お母さんがチラチラッとこちらを窺《うかが》うような視線をよこした。

「ん？　何？」

「いや、別に。さ、帰ろ。帰ったらこれ果肉剝かなきゃ。暖かいうちにやっちゃおう」

次の日学校で、休み時間に真理恵ちゃんが私のところへ来て言った。

「花ちゃんも、あの神社で七五三するの？」

「えっ、七五三ってみんなやるの？」

「やるんじゃないの」

「そうなんだ」

「もしやるんだったら、あそこの神社いいよ。今どこも混んでるでしょ。みんな一斉《いっせい》にまとめて祈禱《きとう》してさ。ゆっくり写真も撮れない。でもあそこは、知る人ぞ知るっていう穴場なんだって」

確かに穴場ではあった。銀杏拾いの。

「あそこの神社はお勧《すす》めです、ってうちのママが、花ちゃんママに伝えといてって」

「あ、そうなんだ。ありがと」

銀杏拾いにもオススメだよと思ったが、黙《だま》っておいた。

夕飯の時、真理恵ちゃんのお母さんからの伝言だから、一応伝えておく。

「今日、真理恵ちゃんに、花ちゃんもあの神社で七五三するの？　って聞かれたよ。あそこはお勧めだよって、真理恵ちゃんのお母さんが言ってるって」

「え、花、七五三やりたいの？」

「いや、別に、ただ真理恵ちゃんにそう言われたから、言っただけ」

「ふぅん」

「七五三ってみんなやるの？　やらなきゃいけないもんなの？」

「やらなきゃいけないってことはないいけど。お母さんなんかそんなもんやってないけど、この年までちゃんと生きてるし」

『でも生きている』、お母さんのボーダーラインはいつでもそこなのだった。大失敗したけど生きている、大恥《おおはじ》かいたけど生きている、死にそうな目にあったけど生きている、等々。

だけどそこを基準にしたら世の中のこと、ほぼほぼオッケーになるんじゃないだろうか。

「別にしなくていいよ。そんなの。特にしたいと思わないし」

テレビ画面に顔を向け、見入っているふりをした。お母さんはそれ以上何も言わなかった。

次の日曜日、朝ご飯を食べ終わると、お母さんが「ちょっとこれをね、着てみてほしいんだけど」と、胸ポケットに金の刺繡《ししゅう》のエンブレムがついた紺《こん》ブレザーと、チェックのプリーツスカート、白いブラウスを持ってきた。

「どうしたの、これ？」

「まあ、まあ、まあ」

着てみると、どれもかなり大きい。お母さんは袖《そで》を折ったり、裾《すそ》をつまんだりすると、また脱《ぬ》がせた。午前中、お母さんはずっと裁縫《さいほう》をしていたので、隣で私は宿題を終わらせた。昼ご飯を食べると、お母さんに、またさっきの服を着せられた。

袖を短くしたり、脇《わき》を詰めたりしたので、なんとかさっきよりは見られるようになった。髪もいつもより時間をかけて丁寧《ていねい》にブラッシングしてくれる。

「お母さんもちょっと着替《きが》えてくるよ」

しばらくするとカスタードクリーム色のブラウスに、黒いスカートをはいて出てきた。学校公開の時に着てくる組み合わせだ。

チャイムが鳴った。「はい、はーい」とお母さんがドアを開けると、Gジャンを着た丸顔の青年が立っていた。

「ああ、ご苦労様。ここすぐわかった?」

「はあ、まあ」

「花、ちょっとおいで」

呼ばれて行くと、

「この子が花。お願いしますね。こちらは藤本亮介《ふじもとりょうすけ》君。写真の専門学校に行ってるんだよ。カメラマンの卵なんだよぉ」

と紹介《しょうかい》される。藤本青年は機材が入っているらしい大きな黒のバッグを肩《かた》にかけていた。

「じゃあ行こうか」

お母さんはすみれ色のカーディガンを羽織ると、私たちを外へ促《うなが》した。

徒歩で向かった先は、うちから一番近い神社だった。神主さんなんかいるのかいないのかわからないような廃《すた》れた小さい神社だったが、そこにもイチョウの木が一本あった。見ると散《ち》り敷《し》いた葉の上に銀杏の実が落ちている。

「あ、銀杏」

銀杏を見ると反射的に拾うようになっていた私が手を伸ばしかけると、「今日はいいのっ、今日はっ」とお母さんが制した。「今日は拾わない日」と続ける。

白くささくれだった賽銭箱《さいせんばこ》に、珍《めずら》しくお母さんがお賽銭を投げ入れふたりで拝む。

「あ、そうそう、これこれ」

お母さんが手提《てさ》げの中から千歳飴の袋を取り出し私に持たせる。

え、あ、これって七五三？

お母さんと藤本青年のほうを交互《こうご》に見る。藤本青年は、持ってきたバッグを開け、カメラを組み立てていた。見たこともないような大きなレンズだった。

「もう大丈夫《だいじょうぶ》？」

お母さんが藤本青年に聞くと、

「オーケーです。はい、こっち視線くださーい。撮りまーす」

藤本青年がカメラをかまえる。レンズを向けられ、少し緊張《きんちょう》する。

「はい、じゃもうちょっと寄ってもらえますか？　そう、もう少し左寄りで」

藤本青年の指示《しじ》に従い、あちこちで写真を撮った。私ひとりだけのもたくさん撮った。撮り終えると、その足で駅前のラーメン屋さんに行った。以前一度来たことがある。確かお母さんが休日出勤して、特別手当があった日だ。

「なんでも好きなもの頼《たの》んでよ」

お母さんが、藤本青年にメニューを渡《わた》す。藤本青年は遠慮してか、「じゃあラーメンを」と言ったが、お母さんは「もっと食べなよ、酢豚《すぶた》とか餃子《ギョーザ》とか。あ、唐揚《からあ》げも頼もう」

と言い、注文する。三品ともお母さんの大好物なので、自分が食べたいのだろう。

「今日はお祝いなんだからさ」

やっぱり、そうか、七五三のお祝いなんだ。

話によると藤本青年は実家が写真館で、写真専門学校進学のために上京し、お母さんの働く建築現場でバイトをしているそうだ。まだ一年生だが、高校時代も写真部に所属しており、賞を獲ったこともあるという。

「将来有名な写真家になるかもな」

お母さんの言葉に、藤本青年は「いやあ、ははは」人のよさそうな笑みを浮《う》かべる。

口数の少ないおとなしい青年だった。頼まれたら断れなさそうな。多分今日も、お母さんが有無《うむ》を言わさず、強引《ごういん》に来させたのだろう。

料理を三人ですべてたいらげたが、結局一番食べたのはお母さんだった。「お祝いだからな」とビールも頼み、藤本青年にも勧めたが「まだ未成年なので」と断られていた。

食べ終わると、お母さんが千歳飴を取り出し、手でバキバキと三つにへし折り、「辛《から》いもんの後は、甘《あま》いもんが欲《ほ》しくなる」と言って、配った。藤本青年は、遠慮か心からの固辞かわからないが、「いやあ、僕《ぼく》は」と口元で手を小さく振ったが、「いやいや、今日はお祝いだから。ほれ、ほれ」と最後は無理やり、くわえタバコみたいに口に突《つ》っ込《こ》まれていた。

千歳飴はこっくりと甘く、ひどく唾液《だえき》が湧《わ》いて出た。お母さんと藤本青年もそうらしく、みんなで、ずずっとヨダレをすすりすすり舐《な》める。やっぱり今日は七五三なんだなあ、と思った。

「美味しいね」藤本青年に言うと、「うん」とうなずいて笑った。

数日すると、写真が出来上がった。一枚は大きく引き伸ばされ、パネルにしてあり、一枚は木枠《きわく》の額に、一枚は繊細《せんさい》なシルバー細工のバラを象《かたど》ったフレームの写真立てに入れられ、ほかのものは一冊のアルバムに収められていた。すべて藤本青年がしてくれたのだという。

こんなにしてもらったが、お母さんのことだから多分ラーメン屋さんでご馳走《ちそう》した以外のお礼はしていないだろう。これじゃあ藤本青年も間尺《ましゃく》に合わないな、と思った。

大家のおばさんに見せると、「おおおっ、ええがな、ええがな。写真館なんかで気取って撮るより、こっちのほうが自然な表情でずっといい」と言ったが、写真館で撮れば撮ったで「やっぱり写真館で撮ったのはええなあ。全然違うがな」などと言っていただろう。

真理恵ちゃんの家に遊びに行った時、写真館で撮った七五三の写真を見せてもらったが、店先に飾ってある写真のように立派で三人ともくっきりしていた。

「わあ、素敵だねえ」

「そう？　もう私この時疲れちゃっててさ、朝早く起こされて、美容院に行って着付けされて髪をセットされて、お母さんの支度《したく》も時間がかかったし、お昼に料亭の祝《いわ》い膳《ぜん》を食べる時も、『着物汚《よご》さないように気をつけて』って何度もうるさく言われて、もうぐったりだったよお」

私の写真も見せると、

「わあ、かわいい。なんか、すごく大人っぽい。お姉さんみたい。花ちゃんママも綺麗に撮れてる」

と目を輝かせるので、

「カメラマンの腕《うで》がいいんだよ」

と言っておく。

「カメラマンさんに外で撮影《さつえい》してもらったの？　すごいねえ。出張撮影っていうんでしょ。そういうのオプションであるけど、すごく高いってママが言ってた」

そうなのか。それならますます藤本青年に悪いことしたなあ、と思った。


この時の写真を見返すことがあるけれど、あの頃は紺のブレザーのエンブレムに書かれているローマ字が読めなかったが、小学六年になった今なら『ＳＥＩＲＡＮＧＡＫＵＥＮ』と読める。どこかの学校の制服のようだが、それがどんな漢字を書くのか、どこにある学校なのかわからない。おそらくお母さんがリサイクルショップで手に入れてきたのだろう。

私は全く縁《えん》もゆかりもない学校の制服を着て、近くの朽《く》ち果《は》てたような神社で、お母さんになんと言いくるめられたか知らないが、カメラマンの卵の青年に来てもらい、写真を撮って、祝いの席は駅前のラーメン屋さんで、最後にひとつの千歳飴を三つに割って、みんなでしゃぶった。そんなちぐはぐな七五三だったが、この上なくウチらしいとも思えた。

けれどそのことがきっかけで、真理恵と仲良くなれたのは確かだ。あの後、真理恵の家に遊びに行く時、お母さんに無理やり銀杏を持たされて、真理恵のママに渡すと喜んでくれた（本心からかは、わからないが）。

藤本青年は、その後もお母さんの職場でずっとバイトをしていたが、卒業と同時に田舎《いなか》に帰った。実家の写真館を継《つ》いだという。いつか訪ねて行って、写真を撮ってもらおうと思っている。もちろんその時はきちんと撮影料を払《はら》って、あの時のお礼もするつもりだ。

それからもお母さんと私は毎年晩秋の頃になると、銀杏を拾い食べ続けているけれども、幸いなことにふたりとも中毒症状《しょうじょう》は出ていない。

さよなら、田中さん

違《ちが》うんだ、本当にそんなんじゃないんだ。

あっという間に女子たちに取り囲まれ、そう繰《く》り返《かえ》す僕《ぼく》だったが、視線の冷たさは変わらなかった。

「ううん、確かに覗《のぞ》いてたよ、戸の隙間《すきま》から」

「いやらしい。サイテー。エロ信也《しんや》っ」

「だから違うんだってば。ちょっと開いてたから、あれ？　って思って、閉めようとしたら」

「またーっ。そんな言いわけ信じると思う？　自分で開けて覗いてたんでしょ？」

「そんなことするわけないよっ」
五、六時間目の体育の授業は、水泳だった。しかしプールに隣接《りんせつ》する更衣室《こういしつ》が工事中のため、この日は、男子は多目的室、女子は教室で着替《きが》えることになった。僕は朝

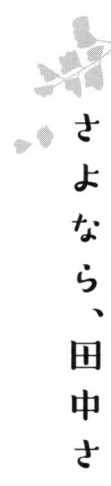

からお腹《なか》の調子が悪かったので、見学届けを出していた。そして授業が終わり、しばらくしてから教室の前に戻《もど》ってくると、いつも出入りする戸の反対側が、わずかに開いていたのだ。

あ、閉めなきゃ。反射的にそう思って、手を伸《の》ばしたところ、ちょうど教室内からも、開いていることに気がついた松岡沙羅《まつおかさら》さんが来て、あ、と思ったらばっちり目が合ってしまったのだ。その後《あと》は、松岡さんの悲鳴、駆《か》けつける女子、取り囲まれ締《し》め上《あ》げられる僕。

「そもそもさぁ、今日プール見学にしたのだって、覗きのためじゃない？　最初からそのつもりだったんだよ。計画的犯行ってやつ」

「うわっ、三上《みかみ》、将来犯罪者決定」

「サイテー、女の敵」

口々に言う。こうなるともう止まらない。ただでさえ女子には、日頃《ひごろ》から口ではかなわないというのに。泣きたくなった。いや実際本当に涙《なみだ》が流れた。

「泣けば済むと思ってんの？」

「泣くくらいなら最初から覗きなんかするなっ」

「エロで泣き虫って、どうしようもないよ」

ますますひどくなる。涙が止まらない。

「まあまあ、もうそのへんでいいんじゃないの」

田中《たなか》さんだった。

「えーっ、花《はな》ちゃん、こんなやつの味方すんの？」

「そういうわけじゃないけどさ。本人違うって言ってるし」

「僕、ほんと、に、やって、ない」

しゃくり上げながらやっとの思いで絞《しぼ》り出すように言う。

「そんなの、信じらんないよ」

「そうだよ。こういうおとなしいやつが実はアブナいってパターンなんじゃないの？」

「むやみにクラスメートを疑うのはよくないよ。それにもうほとんど着替えは終わっていたしさ」

「でも」

まだほかの女子たちは不満そうだった。

「ま、証拠《しょうこ》もないわけだしさ。悪魔《あくま》の証明っていって、やっていないことを証明するのはすごく難しいんだから」

「え、何それ、悪魔の証明？　怖《こわ》いの？」

「いや違う違う」

女子たちの興味がちょっとそっちへそれた。

「だからね、例えば『北町《きたまち》に蛇《へび》はいる』っていうのを証明するには、蛇を一匹捕まえればいいでしょ。でも『蛇はいない』っていうのを証明するには、どうしたらいいと思う?」

「ああそうか。そういうことか」

女子が田中さんの話にうなずく。そうしているうちに着替え終わった男子が戻ってきて、担任の木戸《きど》先生も教室に入ってきた。

「はい、皆《みな》さん、席に着いて。帰りのホームルームが始まりますよーっ」

助かった。

「た、田中さん。あの、あの、あ、あり、がと」

席に着きながら言った。九月に席替えがあり、田中さんの隣《となり》になったのだ。

「別に、全然。でもさ三上君も気をつけたほうがいいよ。スイカ畑で靴《くつ》ひもを結び直すな、とか、すもも木の下で冠《かんむり》を正すな、ってお母さんがよく言ってるよ」

「どういう意味?」

「疑われるような行動は慎《つつし》めってこと」

田中さんは物知りだ。よく本を読んでいるし、塾《じゅく》に行っている僕よりも成績がいい。ピアノだって習っていないのに、幼稚園《ようちえん》から教室に通っていた僕よりずっと上手《うま》く弾《ひ》ける。僕より背も高いし、足も速い。今日だって田中さんがいなかったらどうなっていたか。

しかし事はそれで終わらなかった。女子の間で僕は「エロいやつ」として確定され、以降エロ神《しん》（名前の信也ともかけて）と呼ばれるようになってしまったのだ。

しかも五年生の時、やはりプールの授業の後、女子更衣室から川崎美奈《かわさきみな》さんのパンツがなくなり、隣のクラスまで巻《ま》き込《こ》んでちょっとした騒《さわ》ぎになったが、結局見つからず、そのまま迷宮入りとなった事件（その際、ナナフシに似た風貌《ふうぼう》の木戸先生が、パンツ、パンツと連呼し、なお一層女子に嫌《きら》われるというおまけ付きで）、なんとその犯人も、いつの間にか僕だということになっていたのだ。

これに関しては、いや、覗きの件に関してもだが、僕は絶対に白、天地神明に誓《ちか》ってやっていない。完全に冤罪《えんざい》だ。声を上げて主張したいが、下手にそんなことをしたら、また女子が束になって、それを上回る勢いで僕を攻撃《こうげき》してくるだろう。悔《くや》しいが、おとなしくこの状況に甘《あま》んじるしかない。しかし六年生の九月にこの烙印《らくいん》はきつい。あと半年、エロ神のまま過ごさなくちゃならないなんて。僕のことは、隣のクラスの女の子たちにまで伝わっているらしく、みんな遠巻きながら僕に向けるその目は、完全に変態を見るそれだ。

クラスのほとんどの女子は、僕のことを「エロ神」と呼ぶようになったが、田中さんだけは変わらず「三上君」だった。

「花ちゃん、エロ神の隣なんてかわいそ」

ほかの女子にそう言われても、田中さんは「ははは」と笑っているだけだった。

ある日学校から帰ると、お父さんが珍《めずら》しくこの時間に家にいて、お母さんと話をしていた。

「三丁目のビル、山口《やまぐち》建設に頼《たの》んだんだけど、やっぱりそうなのか」

「ええ、らしいわ。女の人であんな仕事をしているのは珍しいな、と私も思って顔を見たら、どこかで見覚えがあって。現場責任者に確認したら、やっぱりそうだった」

「田中、だっけ？　信也と同じクラスの」

「そうそう、母子家庭だとは聞いていたけど、ああいう仕事だとは知らなかったわ」

「まあ、別にどうってことはないだろう。子供同士が同級生なだけで、仕事は仕事さ」

「そうよね」

田中？　母子家庭？　同じクラスの？　あ、田中さん、田中花実《はなみ》さんのことか。

どうやら田中さんのお母さんが、僕ん家《ち》の会社の仕事をしているらしい。

ちょっとドキドキした。見に行ってみようかな。


工事現場には近づいちゃいけないと言われていたけれど、今ビルを建築している現場は塾の通り道なので、さりげなく覗いてみようと思った。

お父さんは、不動産管理会社をやっている。地主だったおじいちゃんから土地を受け継《つ》いで、そこに貸しビルやマンションを建て、それを管理運営しているのだ。

その日は土曜だったが登校日で、家に帰って早目に昼食を済ませると、いつもより早く家を出た。今ならちょうど昼休みだ。定食屋さんやラーメン屋さんに行ってお昼を取る作業員の人もいるが、汚れた衣服を気にしてか、コンビニ弁当をあらかじめ買ってきている人や、お弁当を持参している人も多い。

行ってみると、やはり現場から少し離《はな》れた場所で、お弁当を食べている人たちがいた。さらにそこから少し離れたところに女の人がひとりいた。地べたにあぐらをかいている。僕は女の人があぐらをかいているところを初めて見た。ドカベン、というのだろうか、どでかい弁当を、かっ食《く》らっている。それはまさに、かっ食らうという表現がぴったりで、アルミ製の弁当箱を抱《かか》え込《こ》んで、白飯を勢いよくかっ込んでいた。がるるるっ、という唸《うな》り声が聞こえてきそうな、猛烈《もうれつ》な食らいつき方だった。しかしそれは実にうまそうなのだった。ただの白飯が、これほどまでに美味《おい》しそうに見えたのは初めてだった。

田中さんのお母さんは、痩《や》せていて、よく日焼けしていた。田中さんとはあまり似ていなかった。

僕の視線に気づいたのか、田中さんのお母さんが顔を上げた。頬袋《ほおぶくろ》にエサを溜《た》め込《こ》んだリスみたいに膨《ふく》らんだ頬で、豪快《ごうかい》に咀嚼《そしゃく》しながら、こっちをまぶしそうな顔で見ている。

「あ、あの、僕、北町小学校の六年で、三上信也です。田中さん、田中花実さんと同じクラスで」

近くに行って、そう言うと、

「ああ」

田中さんのお母さんが赤い水筒《すいとう》をぐいっとあおる。水筒の底に、『花実』と太いマジックで書かれていた。ゴクリと飲み下すと、

「花の同級生?」

と聞いてくる。

「はい。九月から、席が隣になって。田中さんから聞いてませんか？」

「いや。なんにも。全然」

ちょっとがっかりした。でも田中さんらしいと思った。

「どこか行くの？」

僕が背負っているリュックを見て言ったようだ。

「あ、塾です」

「へえ、すごいじゃん。そんなでかいリュックしょってるから、これからどっか山登りにでも行くのかと思ったよ」

一瞬《いっしゅん》、本当にそうならどんなにいいだろうと思った。

「中にテキストとか問題集とかいっぱい入ってて。あと夜のお弁当とか」

「弁当持ちで塾行ってんのかい」

「はい、帰りは十時近くなんで」

「ひゃーっ、博士《はかせ》にでもなるつもりかい？」

がははは、とよく響《ひび》く声で笑う。

「じゃあ、僕、塾があるんで」

立ち去ろうとすると、田中さんのお母さんが、

「あ、これからも花実と仲良くしてやってね」

にかっと歯を見せて言う。

「あ、はいっ。はいっ、もちろんですっ」

思わず力が入ってしまった。

塾の授業が始まってからも、いつも以上に上の空だった。

仲良くしてやってね。仲良くしてやってね。

田中さんのお母さんは確かにそう言ったのだ。こういうのをなんと言うのだっけ？　お墨付《すみつ》き？　いや、公認？　いやいや、それじゃあまるでアレだな、なんか。

「三上君、今の説明わかった？」

「あ、はい」

突然《とつぜん》指されてハッとした。なんの説明だっけ？　まあいいや。先生もそれ以上突《つ》っ込《こ》んでこない。

僕の通っている塾は、成績順にクラス分けされていて、僕が所属しているのは最下位のクラスだ。僕たちが陰《かげ》で「お客さん」と呼ばれていることも知っている。塾に言われるままにあれもこれもと講義を目一杯《めいっぱい》取らされ、ただただそれを消化するだけ。

塾側からは全く期待されていない。有名校に合格して進学実績を上げ、来年の生徒募集の吸引力になるような塾生には決してなれない。ステップアップだの実力強化だの逆転可能だのの惹句《じゃっく》を並べて、一コマでも多く受講させ、授業料を搾り取るためだけの要員。

そんな扱《あつか》いをされてまでなぜ行くのかというと、親が「子供は塾に行っている。だから大丈夫《だいじょうぶ》」という安心感を得たいためだ。それだけのために高い授業料を払《はら》っている。僕たちは、ただ座《すわ》っているだけ。さっきからもう思考は停止している。授業が始まり、「今日こそはちゃんとしよう」と思って先生の話に聞き入るんだけど、ものの数分もしないうちに頭に一切入ってこなくなる。先生の言っていることが理解できない。頭がついていかない。先生の言葉がうわっ滑《すべ》りしていく。そうなるともうダメだった。脳みそのほうが遮断《しゃだん》してしまう。頭に粘土《ねんど》が詰《つ》められたみたいだ。そこへ全く別のことが浮《う》かぶ。先生が何を言っても、頭の中では「金子家の醤油《しょうゆ》ラーメン、やみつきつきー」というCMソングが繰り返される。多分脳がストライキを起こしているんだ。周りから見たら、ただぼーっとしているようにしか見えないだろう。もう頭が飽和《ほうわ》状態なのだ。そんなレベルの子が集まるクラスだった。受験用の勉強が、一切理解できない、興味が持てない。そんな授業を何時間も聴《き》いているのは、かなりの苦痛だった。ただ座っているだけでも本当に辛《つら》い。苦行だ。

だけどもう降りられないのだ。気がつけば僕は、途中下車できない中学受験という列車に乗せられていた。受験したいとは一度も言ったことがなかったが、するのが当然だという家庭環境《かんきょう》だった。

僕には、中学二年のお姉ちゃんと高校一年のお兄ちゃんがいる。お姉ちゃんは私立女子大の付属に小学校から通っていて、おそらくそのまま大学まで進むだろう。お兄ちゃんも大学まである私立の小学校に行っていたが、中学受験をして、御三家《ごさんけ》と呼ばれる難関男子校に入った。通っていた小学校も十分に名門だったのだが、さらに上を目指したのだ。しかもそれが必死に猛勉強して、という感じではなく、余裕《よゆう》で、さらりと当然のように受かった。つまりものすごく優秀《ゆうしゅう》なのだ。

実は僕もお兄ちゃんが通っていた小学校を受験したが、不合格だった。お受験のための幼児教室にも通っていたし、上にきょうだいが通っていれば、きょうだい枠《わく》というって、ほかの子よりかなり有利だと言われていたにもかかわらず僕はダメだった。クマ歩きだってちゃんとやったし、お話もしっかり聞いていた。面接だって、質問にはきちんと答えられたのに。

お母さんは「上にお兄ちゃんがいるのに、まさか不合格なんて。信ちゃんは一体何をやらかしたのよ？　よほどのことをしなきゃ落ちるはずないのに。ああ、もう信じられない、どうして、どうして？」と繰り返し言ったが、僕だってわからない。ちゃんとやったつもりだった。でも人から見るとできていなかったのかもしれない。

そして「まさか自分の子が、公立の学校に行くとは思っていなかった」と言って嘆《なげ》いた。だからどうしても中学受験でリベンジ、巻き返しをしなくちゃダメなんだと言う。そうでないと許さない、とまで言われた。

許さない、って何を？

とにかく僕は、中学受験をしなくちゃならないのだ。否応《いやおう》なしに。それだけは変わらない事実だった。模試のたびにたたき出される絶望的な偏差値《へんさち》を前に、僕はお母さんを失望させ続けたけれど、やるしかないのだ。

こんなワクワクした気持ちで、月曜日に登校したことなんてあっただろうか。田中さんは僕より少し後に教室に入ってきた。

「お、おはよう。田中さん」

初めて僕のほうから挨拶《あいさつ》ができた。これも田中さんのお母さんの言葉が後押《あとお》ししてくれたからだろう。

「おはよう」

田中さんが返してくれた。またあの言葉が蘇《よみがえ》る。

花実と仲良くしてやってね。

はい、わかりました。

「あ、あの、僕、土曜日、田中さんのお母さんに会ったんだよ」

「へぇ、そうなんだ」

田中さんのお母さん、あの時のことは話していないらしい。まあ、いいや。

「うん。三丁目の建設現場で。昼休みでさ、ちょうどお弁当食べていたよ。すっごくおっきいお弁当箱でさ、ガツガツガツ、って、すごい勢いで、犬みたいに食べてた」

「え、犬?」

田中さんは顔を真っ赤にして、眉根《まゆね》を寄せた。

え、あ、しまった。僕、やっちゃった?

「何それ、ひどーい。花ちゃんのお母さんのこと、犬だなんてっ」

水谷真理恵《みずたにまりえ》さんが、耳聡《みみざと》く聞きつける。

「え、なになに?」

栗山美希《くりやまみき》さんも寄ってくる。

「あ、いや、違うんだよ。ぼ、僕の、おばあちゃんの家で犬飼ってて、コロっていう柴犬《しばいぬ》なんだけど、すごく賢《かしこ》くてかわいくて、ご飯食べる時もすごく一生懸命《いっしょうけんめい》で、嬉《うれ》しそうに食べて、その姿がすごくかわいくて、僕、大好きで、それで、その」

本当だった。決して悪い意味で言ったんじゃない。まるで大好きなコロみたいに美味しそうに食べていたから、つい。

水谷さんには、そんな僕のつぶやきは耳に入らないようだった。

「この前は、花ちゃんに助けてもらったのに。そういうの、恩《おん》を仇《あだ》で返すって言うんだよ」

水谷さんと栗山さんは僕と同じ塾に通っている。ふたりとも女子校狙《ねら》いの中堅《ちゅうけん》クラスにいる。特に水谷さんは弁が立つ子で、口ではかなわなかった。

「ねぇ、聞いてよ、エロ神がさ、花ちゃんのお母さんのこと、犬呼ばわりしたんだよ」

水谷さんが、教室の真ん中で固まって話をしていた女子グループに向かって声を張った。

「えーっ、何それ？」

女子が、たちまち集まってきた。田中さんは、耳を赤くしてうつむいている。

「エロ神がさ、花ちゃんのお母さんのことを犬って言って笑ったんだよ」

「えーっ、ひどーい、エロ神、エロな上に恩知らず。サイテー」

「他人に家族の悪口言われるって、どんな気持ちか考えたことあるの？」

非難の目が集中する。中には、

「病《や》んでるよ、エロ神。そんな口きく前に、美奈ちゃんのパンツ返せっ」

と言う人までいた。

だから違うよ、違うよ、違うよ、と僕は繰り返すだけだった。デジャヴ。なんでこうなってしまうのか。

「おはようございます。皆さん、席に着いてくださーい」

担任の木戸先生が教室に入ってきたので、救われる（ああ、これもデジャヴだ）。あと少し続いていたら、僕はまた泣いてしまったかもしれない。

その日は、怖くてずっと田中さんのほうを見られなかった。田中さんも僕から顔を背《そむ》けているようだった。なんとなく気配でわかった。見ないようにしていたが、意識は、田中さんの動きに集中していた。

僕は田中さんを怒《おこ》らせてしまった。いや、悲しませてしまったのだ。

今朝、登校した時の気持ちとは天と地ほどの差だ。まさかこんなことになるなんて。仲良くどころか、すっかり嫌われてしまった。どうしよう。

放課後、その気持ちを引きずったまま塾に行き、また何も頭に入ってこなかった。

まあ、これはいつものことなのだけれど。

明日、田中さんに謝《あやま》ろう。それしかない。

僕はノートを取るふりをして、「明日、田中さんに謝ること」と、時間いっぱい何度も書き続けた。

次の日、学校に行くと、田中さんが僕より少し遅《おく》れて教室に入ってきた。

「あ、あ、あの、田中さん。昨日は、ごめんなさい。ひどいこと言って、本当にごめんなさい」

ちゃんと目を見て言えた。

「あ、いいよ。もう、そんなこと、別に」

肩透《かたす》かしなほど、あっさり言う。

「でも、僕、犬とか言って、田中さんを傷つけたし」

「そんなことないよ。実を言うとね、私もそう思ったことあるんだ。自分のお母さんのこと犬みたいって。食べる時はいつも、尻尾《しっぽ》振って夢中でエサを食べる犬みたいに、一心不乱に美味しそうに食べるから。だから自分の心の中でひっそり思っていたことを、三上君に見透《みす》かされたような気がして、びっくりして恥《は》ずかしかったの」

「そうだったんだ」

「三上君こそ、女子にいろいろ責め立てられちゃって大変だったね。美奈ちゃんのパンツのことまで蒸《む》し返《かえ》されちゃって」

「いやいや、あれは違うよ。いや、あれも、だな。とにかく川崎さんの件は、本当に僕じゃないんだよ」

「わかってるよ」

田中さんが笑った。胸いっぱいに詰め込まれていた重しが取れ、晴れ上がるように気持ちが軽くなった。

やっぱり田中さんは、田中さんだった。仲直りできてよかった。仲直り？　いや仲直りするほど親しくはなかったな、これまでは。そうだ、仲良くなるのはこれからだ。

あーあ、これで塾がなければ最高なのに。九月から平日は毎日九時過ぎまで塾があり、土日は模試か週末特訓だ。僕ら最下位のクラスまで、受験に向けてまっしぐらといった空気になっていた。先生も塾生も、まるで世の中に、それしかないみたいに。

この前、塾の休憩室《きゅうけいしつ》で、水谷さんと栗山さんが話していたことを思い出す。

「今からこんな張り詰めた気持ちじゃ、もたない気がするーっ」

「そうだよね、たまには息抜《いきぬ》きしないと」

「だよねー。一日ぐらいいいよね。たまにはそういうのがあったほうが、がんばれる気がするし。あ、今度の連休、特別講座があるけど、それ振り替えきくって。別の日にしてもらって、どこか行かない？　ドリーミングランドとかさー」

「あーいいねっ、それっ。今日速攻《そっこう》でママに頼んでみよ」

　水谷さんと栗山さんは、田中さんと仲がいい。田中さんは受験組じゃないけれど、もしかしたら田中さんも行くかもしれないな。いいなあ、僕も息抜きしたいんだけどなあ。息抜きが必要なほど勉強していないんだけど。いや、それ以前に「エロ神」の僕には、間違っても声なんかかけてくれないだろうけど。いいなあ、ドリーミングランド。行くのかな、田中さん。


　後期は音楽発表会や工作の作品展など、大きな学校行事があったけど、僕ら受験組は、朝練や放課後の準備作業からは外されていた。数年前に受験組の保護者から学校に抗議《こうぎ》があったらしい。それ以来暗黙《あんもく》の了解《りょうかい》でそうなっている。

　そんなことしなくていいのに。今や学校にいる間だけが唯一《ゆいいつ》安らげる時間だった。家に帰ったら、追い立てられるように塾に行かされて、持っていったお弁当で夕飯を済ませ、家に帰れば十時過ぎ。それからお風呂《ふろ》に入って、塾の宿題をして、明日の学校の準備を済ませたら十二時を回ってしまう。深夜二時過ぎまで勉強をしている塾生もいるらしいけど、僕にはとてもできない。

受験しないグループは、放課後残って楽器の練習や作品展の看板作りをしていた。みんな楽しそうだった。顔が生き生きしていた。田中さんは毎日その輪の中にいた。

僕も受験なんてしなければ、そこにいたのに。田中さんと笑っていたのに。

考えても仕方がないことだけど。田中さんたちの楽しそうな声を背に、僕はそっと教室を後にした。

校門に向かって歩いていると、上から「三上くーん」と声が降ってきた。見上げると、田中さんが三階の教室のベランダから手を振っていた。

「ばいばーい、勉強がんばってねーっ」

僕は嬉しくなって「うん。ばいばーい」と手を振り返した。

その日は珍しく、塾で先生に質問をし、演習問題にも積極的に取り組んだ。

先生は「お、いよいよ三上もケツに火がついたか」なんて言ったけれども、火がついたのはケツなんかじゃない。田中さんのことを思い浮かべると、心がぽわっと温かくなった。

それからしばらくして、僕がいつものように塾へ行く道を急いでいると、田中さんを見かけた。ビルの駐車場《ちゅうしゃじょう》の自動販売機《じどうはんばいき》が置いてあるところだった。自販機を見ている田中さん。

ジュース買うのかな？

と思ったら、田中さんは、つり銭《せん》受けのところに手を突っ込み、次にコンクリートの地面に腹ばいになると、自販機の下を覗きながら、腕《うで》を差し入れた。

何してるんだろう？　あ、お金を落としちゃったのかな？　手伝ってあげなきゃ。

そばに行こうとすると、男の子が二人やってきた。

隣のクラスの沢井《さわい》と根本《ねもと》だった。やんちゃで有名なふたりだった。体も大きく、腕力《わんりょく》も強い。すぐに騒いだりふざけたりして、授業を中断させることもしょっちゅうで、先生たちも手を焼いている。僕も理由もなく突き飛ばされたことが、二、三回あった。

どうしよう。前に出た足が止まった。沢井と根本は田中さんに近づき見下ろしている。

「みっともねぇ。つり銭漁《あさ》りなんて、やってんじゃねーよ、バーカ」

沢井が言った。どきんと心臓が大きく波打つ。田中さんが寝転《ねころ》がったまま、顔を沢井たちのほうに向けた。

「こいつ、前にも違う自販機で同じことしてんの俺《おれ》見たぜ」

「ヒーッ、恥ずかしいやつ。北町小の恥《はじ》だな」

「こいつんち、母子家庭でビンボーだから、しょーがねーんだよ」

二人が肩を揺《ゆ》らして笑った。田中さんは、這《は》いつくばり、彼らを見上げたまま何も言わない。どうしよう、どうしよう、助けなくちゃ。そう思っているのに体が動かない。耳の後ろをどくどくと血が流れる音が聞こえる。

「なんだよぉ、文句あんのかよぉ」

沢井が蹴《け》りを入れるポーズを取る。

嫌《いや》だっ。やめてっ。神様っ。

祈《いの》るようにして組み合わせた手に力が入る。

「やめろって。それはヤバいって。先生にチクられたらまずい」

根本が制し、沢井は足を戻した。

「ふんっ、ビンボー人があーっ。みっともねーんだよっ、バーカ」

そう言うとふたりは去っていった。僕はまだ心臓がドキドキしていた。田中さんがゆっくり起き上がる。顔も手も汚《よご》れているみたいだ。田中さんは、服に付いた汚れを払うと、少しうつむいた。

泣くのかなと思ったら、田中さんは握《にぎ》った手のひらを広げて、にやりと笑ったのだ。

あ、お金。お金を拾えたんだろうか。

田中さんはそのままスタスタと歩き出した。僕はその後ろ姿をずっと見ていた。

塾に行っている間も、家に帰ってきてからもずっと考えていた。どうして僕はあの時田中さんを助けてあげられなかったのか。ひどいことを言った沢井たちに、どうして立ち向かっていかなかったのか。田中さんを馬鹿《ばか》にしたあいつらを、どうしてやっつけることができなかったのか。

それは僕が弱いからだ。弱くてずるくて、どうしようもないやつだからだ。勇気のないクズだからだ。僕はただ陰に隠《かく》れて見ていただけだった。

田中さんはあの時僕を助けてくれたのに。田中さんだけが僕の味方になってくれたのに。

それなのに、僕は何もしなかった。できなかった。情けない、情けない、情けない。

お風呂に入っていたら涙があふれてきた。声を細く上げて泣いた。

ごめんなさい、田中さん、ごめんなさい。

いくら泣いてもお風呂場なら、すぐに顔が洗えていい、ということを知った。

次の日学校へ行くと、田中さんはいつも通りで、僕とも普通《ふつう》に他愛《たわい》ない話をしてくれた。それが余計に僕をやるせなくさせた。しかも「何？　どうしたの？　なんか元気ないじゃん。勉強疲《づか》れ？」なんて、逆に心配される始末だった。

授業中、田中さんをふと見ると、ずいぶん丸くなった小さい消しゴムを使っていた。だいぶ黒くもなっていた。昨日の這いつくばってお金を拾う姿が思い出され動揺《どうよう》する。

その日、僕は塾の帰りにコンビニに寄り、消しゴムを買った。女の子が好きそうな、いちごのイラストのケースに入ったピンクのものだったから、買う時少し恥ずかしかった。レジ係は若い女の人で、なんとなくこっちを見て笑っているような気がした。

リュックにそれを入れると少し足取りが軽くなった。だがすぐに思い直す。なんと言って渡《わた》せばいいのか。誕生日でもクリスマスでもないのに、そんなものをいきなりもらったら、田中さんも困惑《こんわく》するだろう。もとより、たとえ誕生日やクリスマスであっても、プレゼントを贈《おく》りあうほどの仲じゃない。

どうしよう、なんと言って渡そうか。

言い方によってはまた田中さんを傷つけたり、恥をかかせてしまうかもしれない。

そうだ、わざわざ買ってきたなんて言うと、負担に思うかもしれないから、お姉ちゃんからもらったんだけど、これ女の子用だから、使ってくれる？　っていうのはどうだろう。我ながら名案だ。珍しく僕としては冴《さ》えてるんじゃないか。

だがすぐにこれはあの時、田中さんを助けなかったことに対しての後ろめたさから来る行為《こうい》なんじゃないかと思った。罪滅《つみほろ》ぼしというか。いや僕のやったこと、というかやらなかったことは、こんなので埋《う》められるわけがない。でもとにかく今僕がやるべきことは、田中さんに消しゴムをさりげなく渡すことだけなんだ。

次の日の授業の始まる少し前に、いかにも、あ、そうそう、といった感じで消しゴムを取り出す。袋に入れたり、ラッピングなんかもしないで、わざとハダカのまま、それを田中さんの机に素早《すばや》く置く。

「ん？　何？」

田中さんが聞く。僕は用意したセリフ（何度も練習した）を、口に乗せた。

「あ、そうなの。いいの、ほんとにもらって」

「うん」とうなずくと、

「よかったぁ。もう今使ってるの、小さくなっちゃってさ、使いにくかったんだ」

うん、知っているよ、とこれは心の中で答える。

「やっぱ、新しい消しゴムはいいね。気持ちよく消えるよ」

早速《さっそく》使って嬉しそうだ。あげてよかったと思った。

翌日の、やはり授業が始まる前だった。

「ああ、これこれ」

田中さんが深緑色の鉛筆《えんぴつ》を差し出す。

「昨日の消しゴムのお礼」

「え、そんな、いいのに、別に」

思いがけないことにうろたえる。鉛筆は有名な文具メーカーのものだった。こんなお礼をもらったら、なんにもならない。

「なんか、悪いよ、こんな」

「いいよぉ。これで勉強がんばって」

田中さんがニッコリ笑う。

「う、うん。ありがとう」

ドキドキしながら鉛筆をペンケースにしまった。その日はペンケースを開けるたびに、田中さんからもらった鉛筆が見えて、心がほわほわした。

大事にしよう。いやそう言って取っておいちゃダメだな。ちゃんと勉強で使わなきゃ。そうだ本番の時は必ずこれを持っていこう。

それから数日後、連休明けの月曜日だった。

「花ちゃん、これ、ドリーミングランドのお土産《みやげ》。ふたりで選んだんだよ」

水谷さんと栗山さんが、田中さんに紙袋を渡していた。お馴染《なじ》みのドリーミングランドのキャラクターが、大きく描《えが》かれている。

「わあ。ありがとう。どうだった？　ドリーミングランド。楽しかった？」

「うん、最高だったよ。今度は花ちゃんも行こうね」

「うん」

あ、行かなかったんだ、田中さん、ドリーミングランド。

その時ピンと来るものがあった。もしかして、いや、まさか、でも。

もしかして田中さん、あの時、ドリーミングランドに行くお金を集めてたの？

いや、でもいくら自販機のつり銭を漁ったって、ドリーミングランドに行けるくらい貯《た》めるには、相当時間がかかるんじゃないか。第一、そういうの、やっぱりやっちゃいけない気がするし。犯罪なんて強い言葉は使いたくないけど。

僕もドリーミングランドは家族と何回か行ったことがある。お兄ちゃんの合格祝いとか、お姉ちゃんの入学祝いとかで。すぐに乗り物酔《よ》いする僕は、利用できるアトラクションが限られていたけれど、それでも楽しかった。田中さんも行ったら、きっと楽しいだろう。もし田中さんと行けたら。自分の大胆《だいたん》な発想に、ぶるっと頭を振った。

お姉ちゃんが、去年の春休みに友達同士で行きたいと、お母さんに話していたことを思い出す。春休みの特別企画で、学生なら割引きでチケットが買えるという。春は卒業や進級のお祝いで、友達同士ドリーミングランドに行く人が多いらしい。

それならふたり分のチケットぐらいなんとかなる。お年玉をずっと貯めてあるし。いや、消しゴムぐらいでもちゃんとお返しをする田中さんのことだ。チケットを渡しても、きっとそれなりのお礼をまたするだろうな。それじゃあやっぱりなんにもならない。あ、そうだ。懸賞《けんしょう》でペアチケットが当たったことにすればいい。そうすれば、田中さんも負担に思わないでいてくれるかも。そうだ、そうしよう。田中さんのことになると僕は頭の回転がよくなるようだ。

でもふたりで行くのはやっぱりまずいかな。お母さんが許すはずがない。そうだ、水谷さんと栗山さんも誘えばいい。ふたりとは同じ塾だから、親同士も顔見知りだ。みんなで合格祝いってことにすれば、ＯＫしてくれるだろう。中学はバラバラになっちゃうから、最後の記念にとか言って。

そのためには、まずは合格しないと。初めて中学受験に希望が見えた気がした。今頃ではあるけれど、意欲が湧《わ》いてくるのを感じた。

よし、受かって、田中さんとドリーミングランドに行くぞ。

後期の大きな学校行事も無事終わり、冬休みに入ると受験もいよいよ本番直前、年末年始も関係なく、冬期講座で予定が埋まった。クリスマスもお正月も関係ない。特にお正月は、一日から学問の神様が祀《まつ》られていることで有名な神社を先生と受験生でお参りし、その足でお正月集中特訓を受ける。僕たち最下位クラスのボンクラ（と、これは塾の先生が言った）も、ボンクラなりの特訓があるのだ。

勉強する時は、田中さんにもらった鉛筆を使った。だけど使い過ぎて本番までもたないと困るから、そのへんは考えながら使った。確実にこの鉛筆からパワーをもらっている気がした。

年が明け冬休みが終わると、一月に入学試験を行う学校もあるので、受験組の休みが目立つようになった。中にはインフルエンザや風邪を恐《おそ》れるのと受験勉強の追い込みのために、一月いっぱい休む受験生もいたが、塾もそれはお勧《すす》めしないと言っていた。学校に行って気分転換《てんかん》することも大事だと。僕も残り少ない小学校生活、田中さんと会える日をなるべく削《けず》りたくなかった。田中さんは、田中さんのお母さんがお正月に信じられないくらいに大量の餅《もち》を消費したことを話してくれた。家では受験の話ばかりだし、塾は一月受験校の試験内容や合否の話題で持ちきりだったし、普通の話をしてくれるのは田中さんと、学校にいる地元公立中学進学予定の、僕のごくわずかな友達だけだった。

でもこの生活ももうすぐ終わりだ。一ヶ月後にはすべて終わっている。あと少し、あと少しだ。放課後公園で思いっきり遊べるのも、田中さんと心から笑いあえるのももうすぐだ。そう思って、受験秒読み段階に入った一日一日を過ごした。

二月一日、東京都の中学受験が一斉《いっせい》に始まった。午前と午後、一日二回試験を受けることも珍しくない。複数回受験できる学校もある。午前中に受けた試験の結果がその日の夕方わかるところもあり、僕はお母さんに半ば引き回される感じで、あちこちの学校を受けまくった。息つく間もない。自分でも今日はどことどこを受けて、どこが発表で、なんてよく頭に入っていなかった。緊張と疲労《ひろう》で、限界はもうとっくに超《こ》えていたが、それももうすぐ終わりだと思うと乗り越《のこ》えられた。お母さんと一緒《いっしょ》に右往左往し、正直何がなんだかわからない間に、怒濤《どとう》のような受験期が終わっていた。

まさか。嘘《うそ》だろう。

結果、僕はどこにも受からなかった。キレイさっぱり全部に落ちた。これは何かの悪い冗談《じょうだん》じゃないかと思うくらい、僕の受験番号は、どこの合格者発表掲示板《けいじばん》にも見つけることができなかった。正直全く歯が立たず試験中にあきらめた学校もあったが、中には確かな手応《てごた》えを感じた学校もあったのに、すべてがダメだった。さすがにこれには僕もまいった。内臓がごっそり抜かれたような虚《むな》しさに襲《おそ》われた。

望みをかけた、最後の受験校の発表をネットで見たお母さんは、「ひいいいーっ」と頭をかきむしって絶叫《ぜっきょう》した。その後「あーっ、あーっ、あーっ」と、普段《ふだん》では考えられないような獣《けもの》じみた声を上げ、テーブルに突《つ》っ伏《ぷ》した。

「お、お母さん」

手を伸ばし、お母さんの背中に触《ふ》れた。

「うるさいっ。触《さわ》るなっ」

ひび割れた声に、思わず手を引っ込めた。

「お前は、なんなの？」

お母さんがゆっくり顔を上げる。血走った目がつり上がり、唇《くちびる》は憎々《にくにく》しげに歪《ゆが》んでいる。僕は、お前、と呼ばれたことにうろたえていた。

「お前は、私を、苦しめるため、絶望させるために生まれてきたの？」

お母さんが僕の前で、自分のことを「お母さん」ではなく「私」と言うのも初めてだった。

「お前は一体何をしていたの？　この三年間。がんばっているなんて言って、親を騙《だま》し続けて」

「でも、僕、ほんとにがんばって……」

「で、がんばった結果がこれ？　じゃあ本当にどうしようもない人間なんだ。そういうのをなんて言うか知ってる？　クズって言うんだよ。小さいクズはね、大人になってても、デカいクズになるだけなんだよ」

涙があふれ出した。

「お前はがんばってなんかいなかったんだよ。努力していなかったんだ。努力すべき時に努力できない人間は生きていても仕方ないんだよっ」

お母さんは顔を真っ赤にさせ、それこそ鬼《おに》のような形相《ぎょうそう》になった。

「ごめんなさい、ごめんなさい、ごめんなさい」

泣きながらそう繰り返すしかなかった。本当に心から、すまないと思った。お母さんをこんなに悲しませて、苦しませて。

「ごめんなさい。高校受験でがんばるから。絶対いい高校行くから」

「もういい。もうたくさんだっ。お前は小学校受験を失敗した時もそう言った。もう騙されるもんかっ」

そう言われたらもう何も返す言葉がなかった。震《ふる》えながら泣くしかなかった。

「そんなに泣くぐらいなら、なんで受からなかったんだっ。今さら泣いたってどうにもならないんだっ」

「ごめんなさい、ごめんなさい」

跪《ひざまず》いてお母さんの足にすがる。

「触るなって言ってるだろっ。気持ち悪いっ」

強い力で振《ふ》り払われた。そしてまた、お母さんは大きな声で「あーっ、あーっ、あーっ」と吠《ほ》え始めた。

そこへお姉ちゃんが帰ってきて、喚《わめ》きまくるお母さんを、なんとかなだめてくれた。お兄ちゃんも帰宅し、二人でなんとかお母さんを落ち着かせ、そのまま寝かしつけた。

その日からお母さんは、ひきこもりになった。

食事や身の回りの世話は、お姉ちゃんと、近くに住むお母さんの姉、美恵子伯母《みえこおば》さんがやってくれた。お父さんは、「お母さんは、ちょっと疲れが溜まっているんだ。休めばよくなるよ」と言ったが、お母さんは食事もあまり取らなくなり、げっそりと痩せ、目は落ち窪《くぼ》み、髪はボサボサで、部屋の真ん中に座り込んで、何かブツブツ言っていたり、何時間もどろりとした目で虚空《こくう》を見つめ、ぼーっとしていた。

お兄ちゃんは「ちょっと鬱《うつ》っぽいかもしれないな」と言った。そんなふうにさせてしまったのは間違《まちが》いなく僕だと思うと、いたたまれなくなって逃《に》げ出したくなった。心の中で「ごめんなさい、ごめんなさい」と繰り返した。

そんなことで僕は学校も休みがちだったけれど、この時期は、受験絡みで欠席する子も多く、多少休んでも目立たなかった。十日過ぎにようやく登校し、何か聞かれたら嫌だなあと思っていたが、誰も何も言ってこなかった。

僕と同じ塾で、やはりどこからも合格をもらえなかった斎藤《さいとう》君が休みだったので、田中さんに聞いてみると「なんか、まだ試験受けに行ってるみたいだよ。三上君はもう終わったの？　これからまだ受けるの？」と聞くので「うん、まあ」とごまかしておいた。いずれわかることだけど、今、全落ちしたと言いたくなかった。試験は、すべて田中さんにもらった鉛筆を使っていたのに、ダメだったことも申し訳ないと思っていた。しかし受験しない子は、中学受験に関してさして詳しくないことが幸いした。まだ受験が続いていると思っているから、聞いてこないらしい。

確かにまだ願書を受けつけている私立中学もあったが、そういうところはお母さんのお気に召《め》さないのだった。お父さんやお兄ちゃんにそういう学校を勧められても、お母さんは「そんなところに行ってもしょうがない。そんなところに行くくらいなら学校なんか行かなくていい。自分の子供が、そんな学校の制服を着ているのを見るのは死んでも嫌」と言った。

　じゃあ地元の公立中学に行くしかないのだが、お母さんは「それも絶対に嫌だ」と言う。「嫌だと言ってもそれしかないだろう。信也もまたそこでがんばればいいんだ」と、昨夜《ゆうべ》お父さんになだめられていた。

　家の中は最悪と言っていい状態だったが、地元の公立中学に行くということは、田中さんと一緒の中学に進むということで、苦しんでいるお母さんには悪いが、それは僕にとって、未来を照《て》らす光だった。田中さんと同じ学校。もしかしたら高校だって同じところに行けるかもしれない。そう思うと、心が生き返る気がした。そうだ、悪いことばかりじゃないんだ。お母さんだって、今にきっとよくなるだろう。今度こそ悲しませないようにしよう。公立中学で勉強をがんばろう。久しぶりに、明るく前向きな気持ちになれた。

「どんな時でも光はある」

　いつだったか木戸先生が言っていたことを思い出す。独特な風貌とその言動から、ほぼすべての女子に「気持ち悪い」と言われ、嫌われているような先生だったが、たまにいいことを言うのだ。

「私は結構好きだけどなあ、木戸先生。いい先生だと思うけどなあ」

田中さんだけは、そう言っている。田中さんはそういう人だ。人の意見に左右されない。まっすぐにちゃんとその人を見ている。そんな田中さんとまた同じ中学に進めるのだ。運命めいたものさえ感じる。こういうのをなんと言うのだっけ。ああ、禍《わざわい》転じて福となす、だっけ。これも木戸先生が教えてくれたことわざだ。きっと未来は明るい光で満ちている。

学校から帰ると、「お帰りなさい」とにこやかなお母さんに出迎《でむか》えられた。きちんとした服を着て、髪《かみ》も綺麗《きれい》に整えられている。

元に、戻った、のかな。

戸惑《とまど》っていると、

「お腹空《す》いたでしょう？　おやつ食べる？　信ちゃんの好きなシュークリーム買ってきたのよ」と、やさしく聞いてくる。

「う、うん。食べるよ」

シュークリームを頬張っていると、お母さんが「ここにしたから」と、テーブルにパンフレットらしきものを置いた。

「何これ？」

見ると、それは学校の入学案内のようだった。青空と森のような緑をバックに、詰《つ》め襟《えり》姿の男の子がふたり並んで、遠くを指差している。聖フランチェスコ学院とあった。聞いたことのない学校だった。

「信ちゃんはね、そこに行くのよ」

「えっ」

驚いてお母さんを見ると、にこにこしてこっちを見ている。

「どういう、こと？」

「すごくいい学校なのよ、そこ。自然に囲まれて、みんな生き生き過ごしているの。信ちゃん、昆虫とか好きだったでしょう？　近くの森には珍しい蝶《ちょう》が飛んでくるそうよ。あと、動物もいるんですって。リスとか野うさぎとか」

「え、ちょ、ちょっと待って」

話が全然見えてこない。お母さんは何を言っているの？

「お母さんね、以前から思っていたのよ。信ちゃんは、こういう環境に恵まれたところでのびのび過ごしたほうがいいんじゃないかって」

「待って、これ、どこにあるの？」

「山梨《やまなし》よ」

「え、山梨？　そんなところの学校にどうやって行くの？」

「大丈夫、寮《りょう》があるのよ」

「え」

「そこ、全寮制なの。全国からお友達が集まってくるのよ。大丈夫、共同生活ですぐにみんな仲良くなれるそうよ。いいでしょう？　毎日修学旅行みたいでしょ？　信ちゃんにはこういう学校のほうが合っていると思うのよ」

もう言葉が出なかった。

「もちろんお勉強のほうもしっかり見てくれるのよ。ミッションスクールだから、外国人の神父《しんぷ》様もいらっしゃるし、外国人英語教師も多いんですって。寮に帰っても自習時間が定められていて、そこでもちゃんと専門の先生が、お勉強を見てくれるそうなの。塾や予備校なんか行かなくてもしっかり学力がつくのよ。規則正しい生活で、学習習慣が身につくの。男子校だけど、先輩《せんぱい》後輩に先生、寮でお世話をしてくれる方、みんな本当の家族みたいに仲がいいそうよ」

笑顔で話すお母さんだったけど、それが自分に関《かか》わりのある話だとは到底《とうてい》思えなかった。

「じょ、冗談で言ってるんだよね？」

「まさかっ。こんなこと、冗談で言うわけないでしょ」

一瞬お母さんの顔が険しくなって、ビクッとする。だがすぐに笑顔に戻って、

「お母さんね、思ったんだけど、東京の学校にひとつも受からなかったのは、神様が違うところに行きなさいって言ってるからなんじゃないかって。信ちゃんには、もっと合った学校が東京以外にあるんだって、そう神様が教えてくれたんじゃないかって」

瞬《まばた》きもせず、僕を見ながら言う。でもその瞳《ひとみ》は、僕を見ているはずなのに、焦点《しょうてん》が違うところにあるような目つきだった。

「それでね、必要書類はもう揃《そろ》えて提出してあるの。明日、入試担当の方が東京に出てくるから、そこで面接してくださるそうよ」

「え、それだけ？」

「そう、この学校はね、ペーパーテストだけで人を判断しないの。学力は学校に入ってから伸ばせば十分ですって。きちんとひとりひとりを見てくれる素晴らしい学校なのよ。信ちゃんにぴったりだと思うのよ」

「う、うん」

何かおかしい。そんなの、絶対に嫌だ。

そう思っても、またお母さんが泣き喚いて、僕を「お前」と呼ぶことのほうがもっと嫌だった。怖かった。

「じゃあ明日面接に行きましょうね」

「うん」

これは本当のことなんだろうか。僕はどこへ行くのだろうか。どうなるのだろうか。抗《あらが》うことができない大きな渦《うず》に飲み込まれていくような感覚だった。

次の日学校を休んで、お母さんに連れられ、その聖フランチェスコ学院の関連教会に行った。案内されたのは、教会に併設《へいせつ》されている事務所のようなところだった。机がふたつあり、背広姿の男の人が座っていた。僕たちを見ると立ち上がり、

「こんにちは。私は聖フランチェスコ学院入試課の松本《まつもと》です。よろしくお願いします。では、どうぞそちらにお掛《か》けください」

脇《わき》にあるソファーを勧められた。挨拶してそこに座ると、松本さんも前に座り、僕に、小学校時代の一番の思い出とか、中学生になったらやりたいことなど、二、三質問をした。それで終わりだった。

「三上信也君、四月から一緒に学べることを楽しみにしていますよ」

どうやら僕は合格したようだ。あまりにもあっけなくて嘘のようだった。

「お疲れ様、信ちゃん」

お母さんは笑顔を見せたが、「おめでとう」とも「よかった」とも言ってくれなかった。お兄ちゃんの時は、百万回ぐらい連発したのに。それでもお母さんが笑ってくれているならいい。もう二度と「お前」と呼ばれたくない。恐ろしい顔を見たくない。僕が少し我慢《がまん》すればいいだけのことだ。どうってことない。

僕が山梨の全寮制の中学に行くと知って、お父さんもお兄ちゃんもお姉ちゃんも驚《おどろ》き、戸惑っていたようだが、僕が「寮生活が楽しみ」だとか「自然の中で学べる学校に憧《あこが》れていたんだ」とか「今しかできない経験だから」とか言うと、「そうか、信也がそう言うんなら」「そうだな、信也は甘えん坊なところがあるから、そういうところで鍛《きた》えてもらったほうが、将来的にいいかもな。男の子だし」「若い時のそういう経験はいつか必ず役に立つものよね」と、みんな口々に自分を納得《なっとく》させるようにして言った。僕も自分で言っていると、なんだかそれが本当のような気になってきた。

学校のみんなにはまだ言えなかった。特に田中さんには。これまでだって、中学は別々だとわかっていたが、地元に住んでいれば、すれ違ったりすることはあるだろうと思っていた。でも距離的《きょりてき》にこれだけ遠くなってしまえば、完全に離ればなれだろう。

だがどうしようもないことだった。無理してここに残ったら、また家の中が辛くなる。家族中に迷惑《めいわく》がかかる。今度はこのレールに乗るしかない。自分の意志とは関係なく運命が進んでしまっているが、どうしようもないのだ。

頭の中と、心と、体がバラバラな感じがしたが、日々はおかまいなしに過ぎていく。塾通いがなくなった僕は、放課後、公園で遊んだり、ゲームをしたり、漫画《まんが》を読んだりして過ごした。寝転がって何時間もゲームをしていても、お母さんは何も言わなかった。ただそういう僕を見る目はひどく冷めたものだった。時々ため息をついたりもしていた。本人は気づかれていないと思っているらしいが、僕にはしっかり聞こえていた。

でもみんなと遊んだり、ゲームをしたり、漫画を読んでいる時は、嫌なことを考えずに済んだ。四月からの学校のことも、何も考えたくなかった。無理にでも目をそらしていたかった。それが自分を守る唯一の方法のような気がした。

ある日、学校から帰ってくると、美恵子伯母さんが来ていた。挨拶して二階の自室でしばらくゲームをしていたが、別のゲームをしたくなり、ゲームソフトケースがリビングにあることを思い出した。取りに行こうと一階に降りていくと、リビングからお母さんと伯母さんが話している声が聞こえた。

たわよね」

「あーあ、私ももう少し考えればよかったわ。今どき、子供なんてふたりで十分だっ
「またそんなこと言って」

「だって、信也には本当に手を焼いたもの。上のふたりが順調だったから特にそう感じるのかもしれないけど。打てども打てども響くことのない子で、もどかしいというか、私がいくらがんばってもすべて空回り。こっちもイライラして疲れちゃって。でも、もういいわ。遠いところの寮に入ってくれれば、私の視界からも消えるし、人目につくこともないし。最下層の底辺私立の制服着てこの辺ウロウロされるよりましよ」

「もう、いい加減にしなさいよ。いくらなんでも言い過ぎよ」

心臓が破裂《はれつ》しそうなくらいドキンと鳴って、全身の血が逆流する。絞り上げられるように胸が痛くなった。僕のことを言っているの？　嘘だ、嘘だ。でも。

震える足で、自室に戻り、膝《ひざ》を抱えた。また涙が出たが、聞かれないように声を殺して泣いた。

そういうことだったんだ。僕を遠くの学校へやりたかったのは。お母さんは僕を、なかったことにしたいんだ。お母さんにとって僕はもうそばに置いておきたくない子、要《い》

らない子だったんだ。ひどい、ひどいよ。でも僕はお母さんにそう思われるだけのことをしたんだ。結局僕が悪いんだ。お母さんが望むような子になれなかったから。だからもうこの家に置いておけなくなったんだ。いつかお母さんが「許さない」と言った意味がわかった。合格しないと自分の子供でいることを許さない、そういうことだったんだ。

どうしよう？　どうすればいい？

だけど考えてみれば、この家には、確かに僕がいないほうがいいように思えた。僕がいないほうが、ずっと素敵な家族のような気がする。仕事のできるお父さん、やさしいお母さん、秀才のお兄ちゃん、お嬢様学校に通うお姉ちゃん。どこを取っても安《あん》泰《たい》だ。僕がいなければ。僕さえいなければ。

僕はゆっくりと立ち上がり、気づかれないよう物音を立てずに家を出た。外はもう夕暮れが始まっていた。だいぶ日が延びたと思った。もう春なのだ。

しばらく街をうろついた。なんだか街並みの色も音もいつもより薄《うす》い気がした。本屋さんに入って雑誌を立ち読みしたけれど、内容が頭にさっぱり入ってこない。またフラフラと彷徨《さまよ》う。道行く人がみんな、しっかりとした足取りでどこかに向かって歩いているのに比べ、僕は自分が幽霊《ゆうれい》にでもなったような気がした。

どれくらい歩いたのか、あたりはずいぶん暗くなっていた。時計も何も持ってこなかったから時間もわからない。

大きな川に架《か》かる橋に差しかかった。橋の真ん中まで来て、川の流れを見る。橋の上は風が冷たかった。川の水面《みなも》に漣《さざなみ》が立ち、街の光を映していた。じっと川を見ているると、それは生きているように思えた。うねって、濁《にご》って、澱《よど》むことなく流れていく。

もう終わりにしよう。

突然そう思った。お母さんを苦しめるのも、自分が苦しむのも。

死にたいんじゃない。ただ終わらせたいだけ。

きっとそう難しいことじゃない。死ぬんじゃない、いなくなるだけ。

結果的には同じでも、不思議なことに僕の中では、それらはイコールでつながらなかった。単に「死」から目を背けているだけかもしれない。そう思わないと、実行できないから。

でも遠くの学校の寮に入れられて「なかったこと」にされるのなら、今いなくなっても同じことだ。手間をかけさせない分、そのほうがいいような気がする。

ぐっと欄干《らんかん》をつかんだ手に力が入った。暗く濁った川に呼ばれている気がした。

今なら行ける。

「三上君っ」

ハリのある大きな声が飛んできて、僕の全身をびくりと震わせた。僕のことを「三上君」と呼ぶ女の子は一人しかいない。

振り返ると、田中さんだった。やっぱり、田中さんだった。その隣には田中さんのお母さんもいた。

「どうしたのーっ？　こんなとこで。何してたの？」

駆け寄ってくる。田中さんのお母さんも跳《は》ねるようにしてやってきた。

「あ、あの、ちょっと散歩」

「こんな、暗くなってから？」

「う、うん。田中さんは？」

「買い物。スーパーで。二丁目の激安堂《げきやすどう》。あそこ、この時間に行くと、お惣菜《そうざい》とかパンとか全部半額になってるんだよ。だからふたりで買い出し」

田中さんが手にした袋を掲《かか》げた。袋からうっすらと半額シールが透けて見えた。

「お寿司《すし》とかも全部半額なんだよーっ」

田中さんのお母さんも袋を顔の高さまで上げ、笑った。

「三上君は？　もうご飯食べたの？」

「ううん、いや、まだ」

「じゃあ、うち来て一緒に食べようよ。いっぱい買ってきたからさ。いいよね、お母さん？」

「ああ、もちろん。半額でも味はおんなじだからなっ」

二人が笑った。

二人に連れられ、田中さんの家に向かう。小さな木造アパートの一階だった。六畳《じょう》ほどの和室にこたつがあった。

「電気ストーブ入れろ、花。狭《せま》いからすぐあったまるよ」

後半のセリフは僕に向かって言ったようだった。田中さんと田中さんのお母さんは、スーパーの袋から買ってきたものを取り出し、こたつの上に並べ始めた。

「あ、三上君家に連絡しとかなきゃ。おうちの人が心配してるかもしれないし」

田中さんが言うと「お、そうだな」と言って田中さんのお母さんが、冷蔵庫に貼《は》ってあった連絡網《れんらくもう》を見て受話器を手に取る。

別に、心配なんかしていないよ、と思ったが黙《だま》っていた。

「ええ、ええ。たまたま買い物の帰りに会ったんで。いやー、そんな、全然迷惑なんかじゃないですよ。そんなたいしたもん出しませんしね。こっちもいつもふたりきりだから楽しいですよ。ええ、小学校生活もあと少しですしね、ええ、本当にお世話になりまして」

僕のお母さんとしばらく話をし、田中さんのお母さんが戻ってきた。

「大丈夫だよ。ちゃんと断っといたから。さ、食べよ、食べよ。腹減ったよ」

田中さんのお母さんが、作り置きしてあったらしい豆腐とほうれん草のお味噌汁《みそしる》を運んできた。

「おう、寿司、寿司。今日のメインだな。真ん中置こう。あと唐揚《からあ》げとグラタンと餃子《ギョーザ》と酢豚《すぶた》もあるぞーっ」

「和洋中、全部あるね。すごい豪華《ごうか》。こんなに残ってるの珍しいよね。全然ない時もあるもん」

「ああ、今日は運がよかった。ラッキーデーだな」

「ケーキもあるもんね。ケーキも半額までいくのは珍しいよね」

「ああ、まるでなんかのお祝いみたいなメニューだな」

「あ、そういえば、三上君、中学は決まったの？」

ドキッとした。一番触れられたくない話題だった。でも言わないわけにはいかないだろう。

「う、うん」

「え、どこ?」

「男子校、私立の」

「すごーい。合格したんだ。おめでとうーっ」

「おーっ、すごい、すごい。おめでとーっ」

田中さんとお母さんが無邪気《むじゃき》に手をたたく。なんだかいたたまれない気持ちになる。

「でも、そんな、たいしたとこじゃないから」

「ううん、試験受けて合格したんだもん、やっぱりすごいよ。ね、お母さん」

「うん、うん。たいしたもんだ。弁当持ちで塾行って、夜遅くまでがんばってたもんな。偉《えら》いよ」

皮肉のかけらもなく、二人は本当に心からそう思っているらしい。

二人とも、中学受験の実態を知らないから。なんだか二人を騙しているような気持ちになる。

「いや、ほんと、そんなおめでとうとか言うほどのとこじゃないから」

面接だけで入った、とは言えなかった。

「でも合格は合格だよ。試験があるんだもん。ね、お母さん」

「ああ、お母さんなんか受かるも受からないも、そもそも学校の入学試験なんて受けたことすらねえからな」

「あははは。ダメだ、こりゃ」

田中さん親子が笑った。

えっ？ えっ？ 今まで一度も入学試験を受けてこなかったたってこと？ それって、もしかして高校にも行っていないってこと？ そういう大人、いるんだなあ。

でも、もしそうだとしても田中さんのお母さんは一生懸命働いて、ちゃんと田中さんを育てている。うちのお母さんは、高校どころか大学へ行ったたって、いいところじゃなければ人生終わりだ、みたいなこと言うけど、違うみたいだ。

「それでどこまで通うの？ 家から遠いの？」

「う、うん。実は山梨県なんだ」

「山梨？」

二人同時に声を上げた。

「うん、全寮制でね、自然に囲まれた学校で、僕にはそういうところが合ってるんじゃないかって、親に勧められて」

「へえ、すごいね。偉いっていうか」

「ああ、その年で親元離れて生活するなんて、なかなかできることじゃない。たいしたもんだ」

田中さんのお母さんが心底感心したように首を振った。

「山梨って、あれ、ほら、有名なテーマパークあったよね？」

田中さんが顔を輝《かがや》かせて言う。

「ああ、フジヤマランド」

「そうそう、そこ近いの？」

「いや、まだよくわかんないけど。多分そんな近くない」

「でも山梨は山梨でしょ。休みの時とか遊びに行けるんじゃない？　いいなあ」

すっかり忘れていたけれど、ドリーミングランドのことを思い出した。受かったら田中さんとドリーミングランドなんて、馬鹿な夢見てた。虚しさが込み上げる。

「あそこ、すごく怖いジェットコースターあるんでしょ？　いいなあ、乗ってみたいなあ、ねえ、お母さん」

「ああ、山梨といえば、ほうとうか。ああ、ほうとう食いてぇ。山梨のこと詳《くわ》しくなったら案内してよ」

「じゃあ今日は、三上君の合格祝いだね」

「あと山梨行きの前途を祝して。そうだ、この前大家《おおや》さんにもらった赤ワインがあったな。お母さんはあれ開けよう。大家さんが、偶然にも先日、山梨富士五湖《ふじごこ》めぐりのバスツアーに行って買ってきたお土産。花たちには冷蔵庫に、オレンジジュースがあったな。この前、町内のドブさらいに出た時、町内会から配られたやつ。取っといてよかったよ」

田中さんが、グラスとオレンジジュース、赤ワインをお盆にのせて運んできた。田中さんのお母さんは、ワイングラスではなく、アニメのキャラクターのイラストがついたグラスにワインを注《つ》いだ。

「中学合格、おめでとう三上君」

田中さんがグラスを掲げる。

「かんぱーい」

三人でグラスを合わせた。そういえば、家族の誰からも「おめでとう」と言ってもらっていないことに今初めて気がついた。お母さんにしてみれば、僕があんなところに行くことになって、ちっともめでたくなんかないんだろうけど。

「三上君、お寿司好きなの取って食べてね。三上君のお祝いなんだから」

プラスチックの丸い容器に五人前くらいのお寿司があった。

「田中さんは、お寿司、何が好きなの？」

「私はお寿司なら全部好き。食べ物の中で一番好きだな」

「そうなんだ。ぼ、僕、将来、お寿司屋さんになろうかな」

自分の言葉に驚く。ちょっと大胆な発言だっただろうか。ワインを飲んだわけじゃないのに、顔が熱くなって、頭がくらっとした。

「えっ」

田中さんが目を見開いた。やっぱりびっくりさせちゃうよな、いきなり、こんな告白めいたこと。

「大変なんだよ、寿司職人になるのって。すごく厳しい修業を何年もしなくちゃならないんだよっ、三上君大丈夫？」

え、あ、そこ？　ひっかかりポイント。それもそうか、田中さんは、「お寿司が好き」と言ったのであって、別に「お寿司屋さん（の人）が好き」と言ったわけじゃない。

田中さんのお母さんがグラスを手に、いかにもおかしそうに笑っていた。

「んじゃ、寿司店をオープンした暁《あかつき》には絶対に行くから、カッパ巻きぐらいサービスしてくれや」

お母さんが言うので、

「いや、全部タダでご馳走《ちそう》します」

と僕が言うと、田中さんが「やったー」と言って両手を上げた。田中さんたちと話していると、未来はひたすら明るく開けているような気がしてくる。

「やったー」と、田中さんのお母さんも真似《まね》して両手を高く上げたが、田中さんが「でもお母さんに、タダでご馳走したら、全部食べ尽くされて、その日のうちにお店潰《つぶ》れちゃうよ。開店と同時に閉店に追い込まれるよ」と言うので、三人で笑った。

実際、田中さんのお母さんはよく食べる。体型を気にして、いろんなダイエットを試している僕のお母さんよりずっと痩せてるのに。今もジャンボ餃子と唐揚げに交互《こうご》に食《く》らいついている。

「お母さん、すごいねえ」

田中さんが言うと、

「おう、『蟻《あり》のように働き、犬のように食らう』ってな」

何かの名言をもじって言った。「犬のように」って、自分で言っちゃってる。僕と田中さんは顔を見合わせ笑った。

味噌汁もきちんと煮干しで出汁《だし》を取った味がした。お寿司と合っていて、美味しかった。

「うまいかい？」

お母さんが聞く。

「あ、はい。美味しいです」

「そうか、よかった」

田中さんのお母さんが、じっと僕を見つめた。

「あの橋の上で何してたんだい？」

ドキッとする。

「いや、ちょっと、川を見てて」

「あんな暗くなってから？　あんな川、なんもないだろ？　魚もいないし。ただの汚《きたな》い川だよ」

「いや、まあ」

視線をそらす。

「腹、減ってたろ？」

「え」

「橋の上にいた時」

「あ、はい」

「悲しい時、腹が減っていると、余計に悲しくなる。辛くなる。そんな時はメシを食え。もし死にたいくらい悲しいことがあったら、とりあえずメシを食え。そして一食食《く》ったら、その一食分だけ生きてみろ。それでまた腹が減ったら、一食食べて、その一食分生きるんだ。そうやってなんとかでもしのいで命をつないでいくんだよ」

田中さんのお母さんが、静かな暗い色の目でこっちを見ている。

「その食べ物をくれる人には感謝しなくちゃいけない。それは命をつないで生かしてくれる人だ。食事を作ってくれる人とか、食材を買うお金を稼《かせ》いでくれる人とか、な」

お父さんとお母さんの顔が浮かんだ。お母さんの作るクリームシチューは僕の大好物だ。塾のお弁当も毎日作ってくれた。お父さんも夜遅《おそ》くまで働いてくれている。

「じゃあ、今日はとりあえず、激安堂のお惣菜担当の人に感謝しなくちゃ」

田中さんが言い、

「あと半額シールを貼ってくれた人にもな」

田中さんのお母さんが応じ、三人で笑った。

家に帰ると、お母さんが出迎えてくれた。何も聞かれなかった。ただ「田中さんには何かしら後でお礼をしておくわね」とだけ言った。

次の日の夜、お兄ちゃんの部屋に呼ばれた。お姉ちゃんもいた。

「これ、僕と美冬《みふゆ》から。入学祝い」

綺麗にラッピングされた箱だった。

「なあに？　開けてみていい？」

お兄ちゃんが「もちろん」と言うので、包みを開けてみると中学生用の電子辞書だった。

「使うようになると思うから。向こうに持っていって」

お兄ちゃんが言うと、お姉ちゃんもうなずいていた。

「まさか、こんなことになるなんて思いもしなかったけど。信也、本当に大丈夫か？本当にこれでいいのか？」

「うん、僕、大丈夫だよ」

「まあ、お母さんは言い出したら聞かない人だからな」

「お父さんだって何も言えないものね。ああなっちゃうと、もう誰の話にも耳を傾けないから。お母さんはうちの絶対君主だもん」

お姉ちゃんが、お母さんのことを批判するのは珍しかった。

「今からだって遅くないぞ。信也がどうしても嫌なら、お兄ちゃんがお母さんに言ってやるよ。たとえ喧嘩《けんか》することになったって」

「私も力になるわ。やっぱりまだこんな小さい信也を寮に入れるなんてかわいそうよ」

お姉ちゃんが涙ぐんだ。それを見て僕も、胸のあたりにあった悲しみの玉みたいなものが一気にせり上がってきて、のどを通って口からあふれ出し、声を上げて泣いてしまった。見るとお兄ちゃんも泣いていた。僕はお兄ちゃんが泣くところを初めて見た。

「お、おにい、ちゃんも、泣く、こと、あるんだね」

しゃくり上げながら言うと、

「そりゃあるよ。僕だって、結構泣いてるんだ。見えないところでだけど。誰《だれ》だって悲しい時、辛い時は泣く。泣かない人なんかいないよ。泣きたい時は、泣けばいい。ボーイズ・ドント・クライじゃない、少年よ、大いに泣け、だ。ノーボーイ、ノークライ、泣かない少年はいない、だ」

お兄ちゃんが僕より大きな声で泣いた。もうこれだけで十分だった。

「大丈夫だよ。僕、もう覚悟《かくご》を決めたから」

ようやく三人の泣き声が落ち着いたところで言うと、

「それでも嫌だったらいつでも帰ってきていいんだぞ。ここが信也の家なんだから。その時こそ、お兄ちゃんが守るよ。たとえお母さんがなんと言ったって。絶対に」

お兄ちゃんのその言葉を聞いてまた涙が出た。お姉ちゃんがハンカチで拭《ふ》いてくれた。うちの柔軟剤《じゅうなんざい》の香りがした。

　卒業式は気持ちよく晴れた日だった。この日までにずいぶんと予行演習をさせられたので、本番を迎える頃には飽《あ》きてしまうんじゃないかと思ったら、当日になるとやはり違っていた。身が引き締まるって、こういうことなんだと思った。

　お母さんは最初出席することを渋《しぶ》っていたが、「行かなきゃ行かないで、陰で何か言われるのも嫌だし」と行くことを決めた。同じ塾だった子の保護者に会うのが嫌だったらしい。案の定、会場に入ると、水谷さんや栗山さんをはじめとする同じ塾だった子の母親が寄ってきて、あれこれ聞かれたが、お母さんは、

「ええ、もう、子供がどうしてもその学校がいいって言うもんだから。ああ見えて独立心が強いらしくて、本人の強い希望で。親としても、本人が行きたいと言っているところが一番だと思って。もともと自然が大好きな子で。ええ、小さい時からね。そういう環境に憧れてたんですよ。そりゃあ心配したらキリがないし、淋《さび》しくなりますけど、男の子ですしね、たくましくなってくれるんじゃないかと主人とも話して」

　笑顔を張りつかせ、普段より高いトーンの声で饒舌《じょうぜつ》だったが、なんだか痛々しかった。周りの母親たちも、僕のお母さんの話に神妙《しんみょう》な顔でうなずいているふうだったが、

口の端《はし》に小馬鹿にしたような笑みが浮かんでいた。

　みんな僕のせいだ、と思うとまた胸が苦しくなって、その場をそっと離れると、田中さん親子が入ってきた。

「あれ、どこ行くの？　もう始まるよ」

　田中さんは、白いブラウスに黒いカーディガン、シンプルな黒のスカートだった。アイドルの衣装風の、フリルのついた派手なチェックのスカートや、飾《かざ》りのついたジャケットの子が多い中で、それは逆に目立った。田中さんがひどく大人びて見えた。

　田中さんのお母さんは黒のワンピースを着ていて、胸に水色のコサージュをつけていた。

「見て見て、これ、お母さんが新聞紙で作ったんだよ」

　田中さんが、水色のコサージュを指差した。

「ええっ、新聞紙？」

「うん、カラー印刷の面ね。のりを使って、シワみたいに加工して。すごくない？」

「うん、すごい」

　それは新聞紙と言われても全くそうは見えなかった。ひなげしみたいな薄《うす》い花びらを何枚も重ねていてとてもよくできていた。やっぱり田中さんのお母さんはすごい人だ。

「ま、よーく見ると、ところどころ漢字らしきものが見えるんだけど、それはそれで和テイストというか、山本寛斎《やまもとかんさい》みたいでしょ？」

僕は山本寛斎という人を知らなかったけど、田中さんがそう言うのならきっとそうなのだろう。

「これがないと、真っ黒親子で葬式《そうしき》みたいになっちゃうからなー」

田中さんのお母さんが縁起でもないことを言って笑った。

田中さんたちのおかげで気持ちが立て直せた僕は、落ち着いて式に臨《のぞ》めた。木戸先生は式が始まる前から泣いていて、卒業証書授与《じゅよ》でクラスの子の名前を読むのもやっとだった。泣き濡《ぬ》れるその姿は、まるで何かその種の妖怪《ようかい》みたいで、気持ち悪さが倍増し、泣く用意をしていた女子たちの涙を引っ込ませた。最後まで木戸先生は木戸先生だった。

式が終わると僕のお母さんが、田中さんのお母さんに何か封筒のようなものを渡していた。この前言ってたお礼だろう。多分商品券。田中さんのお母さんは恐縮《きょうしゅく》したようにに、何度も細い体を折り曲げていた。僕のお母さんが、あのコサージュは新聞紙で作ったものだと知ったらきっと驚くだろう。

その後、みんなは校庭で写真を撮《と》ったりした。ほかのクラスの子は、先生を囲んで写真に収まったりしていたが、僕のクラスは誰も木戸先生に声をかける人がいなかった。と思ったら、田中さんが近寄っていって、一緒に写真を撮っていた。ほかの女子は「げっ、マジか。ありえない」などと口々に言っていたが、田中さんと並んだ木戸先生はまた泣いてしまい、田中さんのお母さんに支えてもらっていた。

田中さんが僕にも一緒に写真を撮ろうと言ってくれた。「花ちゃん、木戸っちの次はエロ神と？　何？　妖怪コレクション？」などと、水谷さんが憎まれ口をたたいたが、気にならなかった。ふたり並ぶと僕は田中さんの肩ぐらいしか背がないので、少しかかとを浮かせた。蕾《つぼみ》の膨らんだ桜の木の前で、田中さんのお母さんが撮ってくれた。

「写真、できたら渡すね」

田中さんが言うので、「あ、でも僕、二十七日にはこっちを出ちゃうんだ。入学式の前に、入寮式っていうのがあるから」慌《あわ》てて答える。

「二十七日か。うん、わかったよ。それまでにはできるよ。二階に住んでいる大家さんの息子《むすこ》、賢人《けんと》ってのに、デジカメ借りたんだけど、プリンターも持ってるから、やってもらうよ。いつも暇《ひま》な人だから、すぐにやってくれると思うよ」

山梨に行く日が来た。荷物は既《すで》に車に運び込まれていた。平日だったがお父さんが仕事を休んで、運転していってくれる。お兄ちゃんとお姉ちゃんも行きたがったが、それぞれ春期講習会とイングリッシュキャンプが重なってしまい、残念がっていた。

「もう忘れ物はないかな」

お父さんが、トランクを閉めながら聞く。

「うん、大丈夫だと思う」

車に乗り込もうとした時、

「あーっ、よかった。間に合った」

後ろで声がした。自転車に乗った田中さんとお母さんだった。僕のお父さんを見てふたりがぺこりと頭を下げる。自転車を止め、

「写真がようやくできたから。もーっ、賢人のプリンター、長いこと使ってなかったから、調子悪くてさ。修理に出していたから、遅くなっちゃったよ」

薄緑色の封筒《ふうとう》を差し出す。

「あ、それからこれも」

紙袋を渡《わた》された。

「バレンタインの日、休みだったでしょ。だからチョコ」

バレンタイン？　ああ、先月の十四日は確か面接を受けに行っていたんだ。

「いいの?」

「うん、昨日お母さんと作ったの」

「ちゃんと半額じゃないチョコで作ったからな。うまさ倍増だぞ」

田中さんのお母さんらしい理屈《りくつ》だ。

僕のお母さんが出てきて、田中さんのお母さんと、「ありがとうございます」「いえ、こちらこそ、この前は」という会話を交わす。僕も何か田中さんに伝えたいことがあるのに、言葉が出てこなかった。

「天気でよかったね」と言う田中さんに、「うん」と返事をするのがやっとだった。

「そろそろ時間なのでこれで失礼します。本当にありがとうございました」

僕のお母さんが会釈《えしゃく》し、僕に、車に乗るよう促《うなが》す。

「じゃあ、行くね」

「うん、元気で。がんばってね」

車が走り出す。後ろを見ると、田中さん親子が大きく手を振っていた。見えるかどうかわからないけど、僕も手を振り返す。角を曲がって、ふたりの姿が見えなくなるまで。

さよなら、田中さん。

車内で封筒を開けてみると、写真が二枚出てきた。卒業式の後、校庭で並んで撮った写真だ。陽《ひ》に向かって撮ったのでふたりともなんとなくまぶしそうな顔をしている。僕は泣く直前のようにも見えた。ちょっとかかとを浮かせた努力も虚しく、やっぱり身長差が歴然としていた。次に会う時は少しでもこの差が縮《ちぢ》んでいるといいなと思った。

紙袋を見ると、透明ビニールのラッピング袋に、トリュフ風の丸いチョコレートが七粒《つぶ》入っていた。

「食べていい？」

横に座るお母さんに聞くと、「ええ」と弱々しく微笑む。いつもなら車の中で何か食べるなんて、絶対ダメと言うのに。手で食べるのだって、除菌《じょきん》ウエットティッシュで拭いてからじゃないと許さないのに、今日はそのままつまんで口に入れても何も言わない。

チョコは甘くて美味しかった。

都心を抜け、高速道路に乗る。窓の外に景色が流れていく。やがて遠くに見えていた山々が迫《せま》ってきた。生えている木の一本一本の枝ぶりまでわかるほどの近さの道を走っている。

本当に行くんだ、山梨。

覚悟はできていたが、実感として胸に迫ってくる。帰りの車に僕はいない。なんだろう、この気持ち。何かに似ている。そうだ、あの歌に出てくる、仔牛《こうし》だ。『ドナドナ』だっけ。音楽の時間に習った、物悲しい旋律《せんりつ》。売られていく仔牛の歌。不意にメロディが口をついて出た。お母さんの体がびくっと震えた。怯《おび》えた瞳でこちらを窺《うかが》っている。明らかに恐れている顔だった。

どうしたの、お母さん。そんな顔するなんておかしいよ。

言葉に出す代わりに、歌うのをやめ、車窓の風景に夢中になっているふりをした。

やがて高速道路が終わり、ぶどう畑が続く観光地や市街地を抜け、また再び山に向かい始める。野山に分け入っている感じだった。本当にこんなところに学校があるんだろうか、と案じていたら、『聖フランチェスコ学院』という立て看板に方向を指し示す矢印があった。まもなく白樺林《しらかばばやし》の中に洋風の白い建物が見えてきた。ヨーロッパ調の鉄の門扉《もんぴ》の前でお父さんが車を止め、インターフォンに向かって名前を告げると、門がゆっくり開いた。

駐車場に車を停《と》め、荷物を下ろす。中は想像していたよりもはるかに広かった。よく手入れされた庭園のところどころに、彫像《ちょうぞう》があった。マリア様とか聖人なのだろう。学校全体が静かで人の気配を感じなかった。中央に教会らしき建物があり、近くで見ると、屋根の上の十字架《じゅうじか》がとても大きく感じられた。

「こんにちは、三上さん。ようこそいらっしゃいました」
声に振り向くと、神父様と、面接の時に会った松本さんだった。
「遠いところを、さぞお疲れでしょう」
神父様が言った。白髪でメガネをかけていて、おじいさんと言っていいような年齢の人だった。僕は本物の神父様というのを初めて間近で見た。
早速寮の部屋に案内される。普通のアパートのような綺麗な建物だった。十畳ほど
の広さの部屋に、二段ベッドが二つ、その奥に机とロッカーが四つあった。指示に従
い、私物を置く。
「ほかの方はまだ？」
お父さんが松本さんに聞く。
「上級生はまだ春休みなので帰省中です。新入生は、今日来られる方と明日来られる
予定の方がいます。今日いらっしゃる人の中では、三上さんが一番乗りです。もう少
ししたら、ほかの方たちもやってくるでしょう」
松本さんと神父様に学校施設《しせつ》を案内された後、両親が事務的な手続きを済ませると、
「それでは、大事なお子様をお預かり致《いた》します。神様のご加護がありますように」と
神父様が言い、思ったより早く別れの時がやってきた。僕は駐車場までふたりを送っ

ていった。

「じゃあ、お父さんたちはこれで行くから。元気でがんばるんだぞ」

「うん」

お母さんは、僕が車の中で『ドナドナ』のメロディを口ずさんでからは、一度も目を合わせていなかった。今も視線を落としたままだ。

「ご、めんね、信ちゃん。本当にごめんなさい。赦《ゆる》して」

絞り出すように言って、頭を下げる。

「やめてよ、お母さん。どうして謝るの？　どうして赦してなんて言うの？」

それでもお母さんは顔を上げず、そのまま崩《くず》れるように座り込んだ。

「お母さんも辛いんだ。お父さんも淋しいよ。お兄ちゃんだってお姉ちゃんだって」

お父さんがお母さんの腕を取り、支えるようにして立たせる。

「僕は大丈夫だから。お父さん、お母さん」

ようやくお母さんが、顔を上げ僕を見た。涙で頬が濡れている。

赦すも赦さないもないよ。お母さんはずっと僕のお母さんだもの。だからもう泣かないで。

そう思ったけれど口に出せず、ただお母さんの瞳を見つめるだけだった。

林の中に飲み込まれていくように、お母さんたちの車が見えなくなった。

踵《きびす》を返すと、柔らかい笑みを浮かべて神父様が立っていた。

「聖堂の中に入ってみますか。先ほどは外からしか見ませんでしたから」

僕はうなずき、神父様の後をついていった。

「ここが聖堂です。朝の礼拝やミサなどが執《と》り行われる施設です」

中央にキリスト像があり、祭壇《さいだん》は花であふれ、ステンドグラスの窓から光が降り注いでいる。外国の映画でしか見たことのない光景だった。導かれるように歩み寄ると、像の前で跪いていた。今までキリスト教なんて、全然関わりのない生活をしてきたのに、自然と指を組み祈っていた。

ああ、ここはなんて静かなんだろう。ほんの二ヶ月ほど前は、自分がこんなところにいるなんて、夢にも思わなかった。田中さん、田中さんが言っていたフジヤマランドは、ここからは遠いみたいだよ。でもいつか行けるといいね。もう東京では桜が咲き始めているけど、こっちはまだだよ。気温も少し低いみたいだ。そっちももうすぐ入学式だね。田中さんの中学は、ブレザーの制服だったね。田中さんは背が高いからきっと似合うだろうな。

お父さん、お母さん、お兄ちゃん、お姉ちゃん。元気でいてね、僕もがんばるから。強くなるから。時々泣くことが、あるかもしれないけど。

お兄ちゃんは「泣かない人なんかいないよ。泣きたい時は、泣けばいい」と言ったけれど、それでも僕は思うよ。お父さん、お母さんが、お兄ちゃん、お姉ちゃんが、田中さん、田中さんのお母さんが、悲しくて泣く日が、少しでも減りますように、って。そう祈るよ。その分、代わりに僕が泣きます。僕は泣くのに慣れているから。

僕なら、いくら泣いたってかまわない。

ああ、かっこうの声がする。田中さんは、本物のかっこうの鳴き声を聞いたことがあるかな？　とてもいい声だよ。森の奥から響いてくるみたいだ。

そうだ、もう少ししたら、田中さんに手紙を書こう。僕は字が下手だし、文章を書くのも苦手だけど、それでも心を込めて、長く、やさしい手紙を書こう。

それまでは、しばらく、さよなら、田中さん。

さよなら、田中さんを
何回も読んで
文庫特別解説↑
ここ偉そうでイヤ
西原理恵子→
なんかもう全部
お手上げの人↙

るりかさんの
小説をはじめて
読んだ時は
ただ
すごいなあ
若いって
イヤねー
文字が
まぶしい
わー
って思って
ばっかだったけど
今は
ぐさぐさ
刺さっちゃって
大変

こんなにたくさんのよいことを
書けていいなあって
つらかったりかなしかったりしんどかったり
仕方ないことの中にある
フツーのよいこと
えいえい

みんな
よいこときも
ずーっと
ずーっと
まってて
そんで
けっこう
あたり
ハズレが
大きかったり
して

そんな時は私の中にいる酔っ払いのじいさんが
しょーが
ねえなあ
と言って酒を飲んでくれる
さよなら田中さんにはたくさんのしょーがねえなあが
入ってて泣かされちゃったぜ
けっきょく飲んでんじゃん
るりか覚えてろ

【文庫版　あとがき】作家の椅子

鈴木るりか

久しぶりにあの子に会った。実に七年ぶり。記憶の中のあの子とは少し違っていた。今よりちょっとドライでシニカルだった。あの子——花ちゃん。

格別速い便で届けられたというのに、私はしばらくその封を開けることができなかった。『さよなら、田中さん』の文庫ゲラ。一般的にはあまり知られていないかもしれないが、単行本を文庫化する際には、作者がまた手を入れるのだ。だから文庫本は一番完成度が高いといえる。せっかくいつもより速い便で届けてくれたのだから、こちらも今すぐにでも取りかからなくてはいけないのに、なかなか手が伸びない。部屋の隅に置いたまま、文字通り私はそれに背を向けていた。

怖かったのだ。昔自分が書いたものと正面から向き合うことが。きっと頻出する稚拙な表現に、うわわわ、と頭を抱えるだろう、直したいところが山ほど出てくるだろうと予想していたから。

しかしいつまでも逃げ回っているわけにはいかない。覚悟を決めてゲラをめくる。え、結構面白いかも。読み出してそう思った。確かに未熟で粗《あら》い部分はある。今だったらこんな書き方、言葉の選び方は絶対にしないのに、と思うところは多々ある。でもそれ以上に、今だったらこんなふうには書けない、こんな感じ方はできない、というのがあった。今のほうが文章技術は上がっている。でも知らぬ間に変わってしまった、失ってしまったものもある。その時にしか書けないものは確かにあるのだ。それは自分の目から見てもまぶしい。

当時はまだよくわかっていない、何も知らないがゆえの強さがあった。それからこれまでに数冊本を出したが、一冊出すごとに臆病になっていると感じることはある。よくいえば、昔よりよく考えるようになった、思慮深くなったのだが、引き換えに何かを失った気がする。それはいいとか悪いとかではなく、自然なことなのだと思う。

だから当初はかなりの書き直しを覚悟して始めたゲラチェックだったが、結果的に語彙《ごい》の修正、加筆程度で、大幅に削ったり、筋を変えたりなどはしていない。これは嬉《うれ》しい誤算だった。

『さよなら、田中さん』以降、これまでに六冊の本を出版しているが、今でも「作家」と言われると、「いや、まだ、自分は全然そんなんじゃありませんっ」と慌てて否定したくなる。謙遜ではない。なんだか居心地が悪いのだ。作家と呼ばれることが。

でもそれは逃げなのかもしれない。作家として作品に責任を負うことからの。「私はまだ作家もどきですから、そんな厳しい目で見ないでくださいね」というような甘えがどこかにある。これはいけない。この意識は変えなければならないと思う。だがまだ「作家です」と胸を張って名乗ることはできないという思いが胸にくすぶる。

優れた編集者は、優れた「アメとムチの使い手」であると思う。私の担当編集者は、この大変優れた「アメとムチの使い手」なのだ。時に厳しいことも言うが、絶妙のタイミングでアメ、いや私の好きなスイーツが届き、やる気が出ない時、筆が進まない時には、まるですべてお見通しかのような神業タイミングで、私が欲しい言葉を掛けてくれる。

私の場合一冊出すと、もうスッカラカンになる。小説を書くことは、「鶴の恩返し」の鶴のように、自分の羽を抜いて反物《たんもの》を織ることに喩えられるがまさにそう。

だから一冊刊行したあとは、羽を全部むしり取って丸裸の状態。クリスマスの七面鳥の如《ごと》し（鶴なのに）。鳥肌（まさに）を立てて、ぶるぶると寒さにうち震えている。

それから栄養を摂り、徐々に新しく柔らかな羽毛が生え始めその羽がようやく生え揃《そろ》った頃に、呉服問屋（＝担当編集者・彼女もアメとムチの使い手になったり、商人《あきんど》になったりいろいろ忙しい）がやってきて「今年はどんな感じですか？」と訊《き》く。私はおずおずと羽を広げて見せる。「そうですか。じゃあそれで織ってみてもらえますか？」私は機織り機の前に座ると、己の羽を震える嘴《くちばし》で抜きながら反物を織り始める。

とんとんからり、とんからり。

そうしてここまでやってきた。一作一作。

でも最初に書いたあの話がここまでつながる、広がるとは思っていなかった。この『さよなら、田中さん』を出した時は、これでおしまい、のつもりでいた。小説は書き続けるかもしれないが、この話はこれで終わりなのだと。

ところが本が出ると、私が思っていた以上に反響が大きく、読んだ方からたくさんのお手紙を頂いた。本の感想の後に「この話の続きが読みたい」「これからも花ちゃんの物語を書いてください」と書かれたものが多く、私は担当編集者と歓喜しあった。すぐに「続編を」という話も出たが、ちょっと一冊インターバルを置いて（焦《じ》らしたわけではありません。私がちょっと別のものを書いてみたかったのです）、続編となる『太陽はひとりぼっち』『私を月に連れてって』、そして最新作の『星に願いを』

を刊行するに至った。みなさんの「続きが読みたい。続きを書いてください」という声に支えられて、ここまでやってくることができた。

小説は頭で考えて書くものだけれど、頭だけ使っていてはいけない。頭だけ、小手先だけで書いたものは、必ず読者に見破られる。全身で書くのだ。目で、耳で、心臓で、腸《はらわた》で、血で、筋肉で、そのすべてで書く。だから思っている以上に体力を使う。知らず知らず身体に力が入っているせいか、筋肉痛にもなる。動悸《どうき》が乱れ心臓まで痛くなる。だがこうならなければ嘘《うそ》だという気もする。ラクラク書いている時は、小手先だけで書いているのだ。

もっとリラックスした状態で書いたほうがいいのかもしれないが、私にはそれができない。今のところ。だから書くことは楽しくもあり、苦しくもある。最大の喜びも与えてくれるが、最大の苦痛も与えられる。

「ボクシングは人に魔法をかける。自分の限界を超えて戦えるようになるという魔法だ。肋骨《ろっこつ》にヒビが入ろうと、腎臓が破裂しようと、網膜が剝《は》がれようと、その魔法にかかると、人は自分だけが見る夢に向かってすべてを危険にさらす」

映画『ミリオン・ダラー・ベイビー』に出てくる台詞だ。小説家に置き換えてみる。

「小説の執筆は人に魔法をかける。自分の限界を超えていいものが書ける、素晴らしい小説を生み出せるという魔法だ。眼精疲労で頭痛がしようと、肩がガチガチに固まって石のようになろうと、長時間の前傾姿勢で胃が圧迫《あっぱく》されて消化不良になろうと、その魔法にかかると、人は自分だけが見る夢に向かってなりふり構わなくなる」

ボクサーに比べると、スケールがかなりショボくなるが、ある種の魔法にかかるという点では同じだ。私は自分で自分がたいした人間ではないとよくわかっているが、そんな私でも、自分の限界を超えて、奇跡のような一行が書ける、素晴らしいものが生まれそうな予感がする瞬間がある。己ではない別の未知なる力に書かされていると感じる時がある。それが「魔法」なのだろう。

またボクシングの喩えになるが、優れた編集者は、優れたトレーナーであり、執筆と格闘している時はセコンドとしてついていてくれる（これで何役目だろう）。目を腫らし、アザを作り、流血して満身創痍《そうい》の私に彼女が言う。

「まだまだやれる。るりかちゃんならできる。今が一番しんどい。でも必ず乗り越えられる。ここを削って、あそこはもっと丁寧に厚く、ここはもっと重く。大丈夫大丈夫、いけるいける、絶対にできる！」

その言葉を胸に私は再び立ちあがる。

「本は出しただけじゃダメ。出して終わりじゃない」

『さよなら、田中さん』の初版が刷り上がってきた時、担当編集者に言われた。ここにたどり着くまでに幾度も打ち合わせを重ね、原稿の加筆修正、校正を通常より多く入れてゲラのチェックと、私が思っていた以上に多くの過程を経て、ようやく本が完成し、これで終わりだとほっとしていた私は、この言葉に「え?」となった。

「本は手に取って読んでもらわなくちゃ意味がない。小説は、受け取り手がいて、そこで初めて完成するんです」

たちまち彼女は優れたプロモーターとなり(一体いくつの顔を持つのだろう)、各方面に東奔西走してくれた。そのおかげで『さよなら、田中さん』は多くの方のもとに届いた。そこから続編を望む声があり、『太陽はひとりぼっち』『私を月に連れてって』『星に願いを』と、現在にまでつながっている。そう思うと私は、周りの方々に「小説家にしてもらった」のだと改めて思う。

ああそうだ、私はやっぱり小説家、作家なのだ。

没頭して書いていると、ふと顔を上げた時、周囲の色が薄くなっていると感じることがある。今いる現実より、小説世界のほうが色鮮やかに脳裏に残っていて、一瞬どちらが現実かわからなくなる。

花ちゃんが住んでいる町は、私が生まれ育った町を模した。そのまま使っている名称、地名もあれば、ちょっともじって書いているところもある。

あの子が住んでいるあの町は、私の中にリアルに存在する。あの子——花ちゃんは、今日もそこで私と同じように泣いたり笑ったりしながら生きているのだ。


初夏の午後、その町を歩いてみた。小学生の頃毎日通った道だけど、こうして歩くのは久しぶりだ。

警察署の前を通る。指名手配犯のポスターが貼ってあった。見入る。昔見ていた顔ぶれとは違う。捕まったのだろうか。しかしメンバーが入れ替わるだけで、このポスターがなくなることはない。世に悪党の種は尽きまじ。

建物の入り口に警杖《けいじょう》を持った警官が立っていることも変わらない。目が合った気がした。ここでくるりと背を向けて、あの日の花ちゃんと優香ちゃんのように、いきなり駆け出したら、この警官はどう思うだろうか。でも私はもう大人なのでそんなことはしない。ご苦労様です、と心の中でつぶやく。

公園がある。小さい頃花ちゃんがパンイチで水遊びをしていた公園だ。私も同じようにしてよくここで遊んだ。今その小さな池に子供の姿はない。藻でも涌《わ》いているのか、水がどんより暗く濁っている。今時こんな池に入る子もいないのかもしれない。

路地の奥にあるひっそりとした神社。花ちゃんが七五三の写真を撮った場所だ。銀杏の木が風にざわつく。青い実がなっている。花ちゃんが喜びそうなくらいに、いくつもいくつも。

小学校が見えてきた。私の母校であり、花ちゃんが通った小学校のモデルになった学校だ。当時は新築で最新の設備がある小学校だったが、建物は今もまだきれいだ。校門から子供たちが出てくる。ふざけながら、楽しそうに。昔の同級生の面影が重なる。教室の窓を見上げる。白いカーテン。人影がある。白いワイシャツの背中。「先生」と思わず口にしていた。

私の書く登場人物は、ほとんどが特定のモデルはいないが、木戸先生には明確なモデルがいた。産休に入った女性の先生に代わり、数ヶ月だけ担任だった先生。過ごしたのは短い期間だったのに、子供たちに忘れえぬ爪痕を残して去っていった。作中でも木戸先生はかなり変わった先生として描かれているが、これでもまだマイルドにしてあるほうで、実際の先生はもっと強烈だった。

今もどこかで先生をしているだろうか。そうだといいなと思う。そしてこの本を読んでくれたら、と思うが、おそらく先生は読んでも自分がモデルになっているとはまったく気がつかないだろう。そういう先生だ。

しばらく行くと、激安堂の跡地がある。跡地——そう、激安堂は潰れたのだ。四角い顔のやさしい社長ももういない（そうだ、この社長にもモデルがいたんだった）。花ちゃんと賢人が並んで座っていた、塗装がすっかり剝げた木製ベンチもない。長いこと更地だったが、マンションが建つらしい。

うら寂しい気持ちになって歩いていると、川の匂いがした。この町には大きな川が流れている。橋がある。あの日、三上くんが川を見ていた橋だ。

私の書くものにはよく川が出てくる。無意識だったが、人に言われて気がついた。文芸誌に依頼されたエッセイでも川のことを書いた。川の近くで育ったからだろう。きれいな川ではない。季節や天候によっては、いやな臭いがすることもあった。それでも川が好きなのだ。常にどこかに流れ、とどまっていないところがいい。

ゆく河の流れは絶えずして、しかももとの水にあらず。

流れを見ていると、どこかに運ばれ、つながっていく気がする。

日が暮れてきた。赤いランドセルを背負った女の子が向こうから歩いてくる。ショートカット、水色のTシャツ、デニムのスカート。一瞬その子がこっちを見て照れたように笑った。

ああ、久しぶり。元気だった？　私も微笑み返す。

そうだった、会えるもんね。いつでもここに来れば。

何十年たっても本を開けばあの子に会える。あの子が住んでいるあの町で。これから先も。

川のほかにも、私の小説には桃がたびたび登場する。「花も実もある」で、賢人と花ちゃんが桃の種を土に埋めていたが（市販されている桃を食べた後、種を埋めても芽が出ることはまずないとか。それはそれでこのふたりらしい）、やはり桃も好きなのだ。花も実も。好きなものは無意識のうちに書いてしまっている。

結局好きなものを好きなように書いているのだ。これを幸せと言わずしてなんと言おう。

「小説家という職業は、決まった数の椅子を奪い合う椅子取りゲームではない。定員が決まっているわけではないから、何人いてもいい、何人椅子に座ってもいいのだ」

そんな話を聞いたことがある。確かにスポーツの代表選手のように、人数枠があるわけではないから、いくらいてもいい。

だが「その椅子から転げ落ちる時は、自分で勝手に転げ落ちるだけだ」と続く。誰かに背を突き飛ばされて椅子を奪われたわけではなく、行き詰まって書けなくなり、自ら転げ落ちるのだ、と。

しかし作家はしぶとい根性の持ち主でもあるから、転げ落ちてもまた這《は》い上がってくるだろう。二十年ぶりに新作を発表するような作家もいる。

また「転げ落ちる」のではなく、静かに席を立って、そこから離れるという人もいる。ほかの仕事に就いたり、横になってしばらく休養したりして。

それでまた書きたくなったら、戻ってきてその椅子に座り直せばいい。何度でも。

私ももしかしたらこの先、椅子を立つことがあるかもしれない。席を立ち、別の扉を開け、長い間旅に出ることもあるかもしれない。

それでもいつか必ず戻ってくるだろう。私に一番しっくりくるのは、やはりこの椅子なのだから。

（すずき　るりか／作家）

本書のプロフィール

本書は、二〇一七年十月に単行本として小学館より刊行された同名小説作品に、加筆・改稿し、文庫化したものです。

小学館文庫

さよなら、田中《たなか》さん

著者　鈴木《すずき》るりか

二〇二四年四月十日　初版第一刷発行

発行人　五十嵐佳世
発行所　株式会社 小学館
〒一〇一-八〇〇一
東京都千代田区一ツ橋二-三-一
電話　編集〇三-三二三〇-五八二七
販売〇三-五二八一-三五五五
印刷所 ―― 大日本印刷株式会社

この文庫の詳しい内容はインターネットで24時間ご覧になれます。
小学館公式ホームページ　https://www.shogakukan.co.jp

ISBN978-4-09-407301-0